DISNEY

みんなが知らない
リトル・マーメイド

嫌われ者の海の魔女アースラ

著／セレナ・ヴァレンティーノ
訳／岡田好惠

講談社

もくじ

登場人物紹介 …… 4
前書き …… 5
1 海の魔女の憎しみ …… 8
2 がけの上 …… 18
3 海の魔女の告白 …… 26
4 かわいい海の申し子 …… 33
5 哀れで不幸な魂のために …… 54
6 魔女のねぐら …… 61
7 マレフィセントの警告 …… 74

8 奇妙な三姉妹、悩む …… 80

9 盗まれた歌声 …… 103

10 恋に破れたアリエル …… 111

11 思いがけないメッセージ …… 123

12 魔女たちのクリスマス …… 126

13 裏切り者 …… 153

14 キルケ …… 177

15 眠れる魔女たち …… 186

16 幸せな結末 …… 188

訳者より …… 190

登場人物紹介

アースラ　並外れた魔力をもつ海の魔女。愛する養父を殺害した村人に憎しみを抱いている。と同時に、トリトンから受けたむごい仕打ちに激怒し、復讐をたくらむ。

トリトン　アースラの弟。姉の外見を嫌い、人間は魚を食べる敵だと思っている。

アリエル　トリトンの末娘。人魚だが人間にあこがれ、エリック王子に恋をする。

エリック王子　アリエルの歌声に心をひかれるが、アースラの魔術にかかってしまう。

奇妙な三姉妹（ルシンダ、マーサ、ルビー）　三姉妹の魔女。アースラとはつきあいが長い。行方不明の妹をさがすため、アースラと取り引きする。

キルケ　三姉妹の妹。かつて野獣王子に呪いをかけた姉たちに腹を立てている。

乳母　モーニングスター城のチューリップ姫に仕える乳母。あるきっかけで、自分の過去と魔力を思いだす。

前書き

アリエル、あやうし！　海も地上も大混乱！

その昔――。

小さな漁村イプスウィッチの浜辺に、海の魔女アースラが現れました。

紫の霧に包まれた巨体、ぐるぐると巻いてうしろに引きずる、タコの足のような触手。

アースラは、恐ろしい形相で、村をのしのしと歩き回り、

「復讐だ！　おまえたちは、わたしの父を殺した。この世でただひとり、わたしを愛し、かばい続けてくれた人間を。さあ、見るがいい。」

太い触手で、広場の大時計をたたきこわして叫び、

「許して！　命ばかりはお助けを！」
恐ろしさに震え上がる村人たちを、魔力でひとり残らず海に誘い込み、最も下等な怪物に変えました。

弟トリトンに迎えられ、長らく離れていた王宮に帰ってからも、アースラの悲しみは癒えません。やがて弟との対立に負け、王宮から追放されると、村人たちへの激しい憎しみはトリトンにまで及び――。

ついにトリトンの末娘アリエルを巻き込んだ、恐ろしい陰謀をくわだてます。

その陰謀とは、なんでしょう？

そして、アースラが、この本のなかで語る身の上話は――本当に本当!?

これからいっしょに、確かめにいきましょう。

ところで、そのアースラは、今どこに？

さあ、ページをめくって！　すぐにわかりますよ！

Disney

みんなが知らない
リトル・マーメイド

嫌われ者の海の魔女アースラ

1 海の魔女の憎しみ

ここは深く青い海のなか。

魔女アースラが、海面を目指して、ゆうゆうと泳いでいます。

（ふんふんふん、手よ、水をつかめ、しっかりと。足よ、水をけれ、次々と——。）

きょうのアースラは、とてもご機嫌。

久しぶりに、あの三人から手紙がきたのです。

ルシンダ、マーサ、ルビーの奇妙な魔女の三姉妹。

アースラが最後に三姉妹の館を訪れたのは、憎むべき弟トリトンの王宮から追い出された直後のこと。積もる話はいろいろありました。

しかも、アースラには願ってもない呼び出しでした。

（ふんふんふん……ラッキーなこのわたし！）

アースラは鼻歌を歌いながら、海面めがけて泳ぎ続けます。

薄暗くあたたかな水のなかでは、緑の藻が踊るようにゆれ、きれいな色の魚たちがひっきりなしに通り過ぎます。

やがて、海の色が緑に変わり、さざなみと白い月の光が見えてきました。

（うう、さむ！　海の上の寒いこと！）

アースラは、海面に顔を出したとたん、ぶるっと、震えました。

ふと見ると、はるかむこうの岩の上に、小さな黒い影が三つ。

ルシンダ、マーサ、ルビー。

この寒空の下、奇妙な三姉妹が、アースラを迎えに出てきているのです。

（だったら、こっちも、思い切り派手なご登場を用意しなくちゃね。）

アースラはにやりと笑って、心のなかでつぶやきました。

とたんに、アースラの体が、むくむくふくれだします。

ふくよかな体はみるみる巨大になり、タコの足に似た触手が長く伸びて、体中にふしぎな力がみなぎってきました。

（ああ、なつかしいこの力！　わたしは海の女王！　海はわたしのもの！）

アースラは、心のなかで叫びました。

過去の一時期、アースラは陸に上がり、この恐るべき力をふるっては、無数の巨船を打ち砕きました。そして、ばらばらになった船の残骸が、海の奥底にある自分の領域へ落ちていくのを、にやにや笑って、しばらく見物して楽しんでいました。

それから、ゆうゆうと海の底におり、沈没船の乗組員たちの魂の抜け殻を、自分の洞窟の裏庭に吊るすのです。

ざざあああ！

ものすごい水しぶきとともに、アースラの巨体が海面を破って現れます。

黒い岩の上で、抱き合って震える小さな三つの影。

（ほおらほら、あんたたち、腰ぬかさないで。）
アースラは、すっかり満足して、おびえる三人を見下ろしました。
真っ白にぬった小さな顔、大きすぎる目、小さな赤い口、黒い巻き毛。
ぶきみなボロ人形そっくりの三姉妹は、今やずぶぬれの哀れな小鳥のよう。
（それでも、あんたたちは、やっぱり、きれいよ！）
アースラは心のなかでつぶやくと、うなずきました。
奇妙な三姉妹は、非常に力が強い魔女。
白雪姫の亡き父のいとこで、マレフィセントとオーロラ姫の恩人です。
（そういえば、あの三人には、わたしもちょっとした借りがある。）
アースラは巨大な指で、巨大な首に手をやりました。
金の巻き貝のネックレスは、体とともに大きくなり、首元でゆれています。
アースラが魔力をふたたび取りもどしたのは、このネックレスのおかげでした。
あるとき、三姉妹の妹キルケがやってきて、あるものと引き換えにくれたのです。

アースラはのしのしと波間を歩き、岩に近づきました。

三姉妹はそろって息を飲み、大きな水しぶきに、

「きゃあああ！」

と、悲鳴を上げました。アースラは、にっと笑い、

「がははは。皆さん、ごぶさた。」

耳がつぶれそうな大声であいさつすると、腰をかがめて三人をみつめました。

（あんたたちはやっぱり美人よ。目鼻のバランスが違うところが、またいいの。）

アースラは勝手にうなずき、巨大な両腕を広げました。小さな三人は顔を見合わせ、次の瞬間、そろってちょこまかと、アースラの巨大な胸に飛び込みました。

奇妙な三姉妹は、ほっとしました。

アースラが怒っているのかと、ずっと心配していたのです。

「それ！　あたしたちが、あげた、ネックレス！」

三姉妹は声を合わせて叫び、アースラの首のネックレスをみつめました。

長年、魔女の館の食器室に捨て置かれていたネックレス。

三人は、そんな無価値なものと引き換えに、アースラからチューリップ姫のだいじな美貌と声を奪い返したのです。

遅かれ早かれ真相はばれ、いずれアースラの怒りが爆発すると、三人は覚悟を決めていました。

(でも、でも——、)

(怒ってないみたいよ。)

(そう！　怒ってない！)

ずぶぬれの黒髪をふりたて、きゃっきゃと笑う三人に、アースラは、機嫌よくほほえみかけました。

「ありがとう、あんたたちは、わたしの友だちよ。」

そう言うと、ふいに真顔になり、

「ねえ、これをどうやって、トリトンのやつから取りもどしたの？　ぜひ教えて。

じつは、キルケが、これをもってきてくれたとき、つい聞きそこなっちゃってねえ。で、キルケはどこ？　あんたたちといっしょにいないなんて、びっくりよ。」

相変わらずの大声で、一気に言いたてました。

（キルケ！）

奇妙な三姉妹の心に、その名が鋭いナイフの先のように、突き刺さりました。

三人が、寝ても覚めても気にしているのがキルケの行方。

だいじな妹のキルケが突然姿を消し、どこをさがしてもみつからないのです。

「ああ！　キルケ。あたしたちのキルケ。」

「どうか、あたしたちを許して！」

「どこにいるのよ！　お願い、返事して！」

なんの返事もありません。

「ああ、キルケ！　キルケ！　キルケったら、あああああ。」

さんざん泣き叫んだあげく、三人はアースラの助けを借りることに決めました。

いつものように、しっかり見返りを求められることは、承知の上で。

「キルケが——あたしたちのだいじなキルケがね——いなくなったの。」

ルシンダが口を切りました。

あとのふたりと同じく、深紅の絹のドレスは涙でぐしゃぐしゃ。泣き続けたために、マスカラははげ落ち、目の下からほほまで、真っ黒に染まっています。

「キルケは、あたしたちに腹を立てて、出ていったの。あたしたちの魔力が、とても及ばない場所に。」

と、ルビーが説明し、

「だから——あたしたち、あんたに——連絡したのよ、アースラ。あたしたちに——もう一度、キルケの姿を見せて！　かわいい——妹の！」

マーサが激しくすすり泣きながら訴えました。

「でも、あんたたち、キルケを呼びだそうとしたんでしょ。あんたたちが山ほどもっている魔法の鏡で。」

三姉妹は、そろって、ふたたびわあわあ泣きだしました。

やがて、マーサが悲しみと恐怖に満ちた目で言いました。

「あの子は、あたしたちを断ち切る呪文をかけたに違いないわ。だから呼んでも答えないのよ！」

アースラはだまってうなずきました。

けれども内心では、ぎょっとしていたのです。

（この三人は心底、怖がっている！ キルケが本当にもどってこないのではと。）

アースラと三姉妹は長いつきあいです。いいときも悪いときもありました。

それでも、ここまでうちひしがれている三人を見るのは、初めてです。

（ねえ、ちょっと、あんたたち、そんなに妹がだいじなの？）

と、言いそうになるのを必死でおさえ、

「わかったわ。任せなさい。あんたたちがキルケをさがすのを、手伝ってあげる。」

がははと笑って、胸をたたきました。

耳がつぶれるような笑い声が、突然普通の笑い声に変わり――巨大な体がみるみる縮みだし――。

またたくまに、人間の大きさになったアースラは、すすり泣くマーサを、ぎゅっと抱きしめました。

じつはアースラにも、奇妙な三姉妹にぜひ手伝ってほしいことがあったのです。

アースラは、奇妙な三姉妹ならではの魔力をぜひとも必要とする、ある計画を温めていました。

（それにしても、予想外の頼みごとだったわね……。）

アースラは、ひそかに眉をひそめ、ぶるっと頭をふると、

「あとは家のなかで話さない？　あんたたちの居心地のいい家のなかで。」

と言いました。

2 がけの上

魔女の館は、切り立ったがけの上にありました。

魔女の帽子形の屋根と金色の縁どりがある黒い扉がついた緑色の建物——それが奇妙な三姉妹の家。夜明けが近い空には、カラスの群れが鳴きながら舞っています。

「ほんとに久しぶりねえ!」

アースラは三姉妹とともに歩きながら、また同じことを言いました。

この館は魔法で動きます。三姉妹の誰かが呪文を唱えると、さっそく動きだすのです。

(土台の下に、ニワトリの足みたいなものが、隠れていたりして。)

アースラは、三姉妹と館で移動するたびに、いろいろと想像しては楽しみました。

場所はあちこちに移動しても、家のなかは昔から、一つも変わっていません。

すてきなキッチンの正面には大きな丸窓があり、きれいな朝日を呼び込んでいます。

窓のむこうには、白雪姫の継母グリムヒルデのりんごの木と、波が打ち寄せる岩があり、棚にはさまざまな模様の美しいティーカップが一客ずつ、きちんと並べられていました。

三姉妹のうちの誰かさんが、どこかへ招かれるたびに、気に入ったカップをポーチに入れて、失敬してくるのです。なかには、白雪姫の継母グリムヒルデのカップもきっとあるのでしょう。ひょっとすると、シンデレラのいじわるなふたりの姉のカップも。

キッチンのむこうには、大きな暖炉のある居間があります。暖炉の両脇には、鋭い目つきのカラスの彫像が一対あり、部屋を囲むステンドグラスには、三姉妹のさまざ

まな冒険が描かれています。りんごが一つだけ描かれたステンドグラスもありました。

そう、老婆になって白雪姫を殺そうとした、継母の毒りんごです。

(なんてさびしそうなりんごだろう……。)

アースラはため息をつきました。そして、いやいやながら人間の姿になり、三姉妹と同じ暖炉を囲んだのは、これで何度目だろうと思いました。

アースラは、人間の姿が大嫌いでした。人間に変身したとたん、自分が小さく、弱くなったような気分になるからです。雷のように大きな声さえ、まったく別の声に聞こえます。そのたびにアースラは、

(人間どもは、よくもこんなきゅうくつな殻のなかで、がまんしているものだ。)

と、舌打ちをし、

(人間は、固い地面の上を歩くか、いすに座るしかない。ああ、ぞっとする。)

と、自分が人間ではなくてよかったと、つくづく思うのです。

とはいえ、こうして旧友の三姉妹と、この家のかわいい飼いねこと暖炉を囲めば、自分があの下等な人間の姿をしていることさえ、つい忘れてしまいそうになります。ねこのフランツェはきょう、べっこう細工の大ねこに変身し、暖炉の棚にねそべっています。ときどき、黒い縁どりのある、金色の目を開けたり閉じたりして、三姉妹に合図をするのが、アースラにもわかりました。

「こんにちは、フランツェ。」

アースラは、べっこう細工の大ねこに、ほほえみかけました。べっこう細工の前足をそろえたフランツェは、アースラにあいさつするように、まばたきします。

フランツェには人間に変身したアースラの正体が見えました。そのほうが、アースラが人間たちのなかに入り込むために使う仮の姿より、ずっと美しいと思っていました。

きょうのアースラは、大きなこげ茶色の目、ハート形の顔、こげ茶色の豊かな髪のすばらしい美人に変身しています。

(でも、わたしは、本当の姿のあなたが好き。自分でもそうなんでしょ?)

アースラの耳に、フランツェの言葉が聞こえてきました。

アースラは、ルビーが用意してくれたクッションを受け取り、すてきないすの背にゆったりもたれて座りました。

キルケが姿を消して以来、三姉妹は、いつもいらいらしています。

フランツェには、それがとても心配でした。

でも、それ以上に心配なのは、三人がすっかり無口になってしまったことです。

昔から、この館は三人の騒がしくも楽しいおしゃべりに満ちていました。

ところがキルケがいなくなったとたん、おしゃべりは言い合いと泣き声に変わり、次に重苦しいしずけさに、取って代わられたのです。

フランツェは三人にじゃれつくわけにもいかず、しばらくべっこう細工の姿に変身していることに決めました。

そんな日がきょうまで、何日続いているのでしょう。

これから何日続くのでしょう？

三姉妹がたまに口を開けば、キルケがもどってきたとき、どうやって機嫌をとろうかということばかり。三人の心は、キルケが姿を消した日に壊れてしまったのだと、フランツェは思いました。

キルケはあの日、憎しみに満ちた目で姉たちをにらみつけ、怒りの言葉を浴びせ、深く傷ついた心を抱えて、館を去っていきました。

（キルケは姉さんたちとは違う。）

と、フランツェは思いました。

（キルケは恋を知ったの――人を愛することを。だから、自分がいっときでも心を寄せた相手に姉さんたちが、いきすぎた呪いをかけたことが許せなかったのよ。）

それでもフランツェは、ルシンダとマーサとルビーが野獣王子にかけた呪いが、キルケが腹を立てるほど、ひどいとは思っていませんでした。キルケと自分がいっしょ

になって、王子にかけた呪いについても、もちろんです。ルシンダとマーサとルビーのいじわるで、野獣王子はたしかに、心がおかしくなりそうでした。でもフランツェに言わせれば、それも当然のこと。王子はキルケの心をさんざん傷つけたのですから。

三人の姉がしたことは、一つ残らず、かわいい妹キルケのためだったのです。

それがキルケを激怒させ、王子のわがままと孤独を助長しました。

キルケは姉たちをけっして許せませんでした。

（キルケはもう二度と姉さんたちと口を利かないかもしれないわ。）

と、フランツェは思いました。とたんに、

「なんですって！　フランツェ！」

ルシンダが金切り声を上げ、驚いたマーサがガラスのティーポットを落としました。小さな破片が、黒と白のタイルを敷き詰めたキッチンのゆかに飛び散ります。

アースラは激しくすすり泣くルビーの肩を抱きしめました。

「フランツェはね、ううっ、キルケが二度とあたしたちと口を利かないだろうと思ってるのよ！　ぐすっ！　ひどい、ひどい、ひどいわ。えーん。」

三姉妹がそれぞれ、手をもみしだき、ドレスを引きちぎって、泣きだしました。

「うるさい！」

アースラの大声が響きわたります。美しい人間の女性の姿は消え、巨大な体が、キッチンの壁をおおうほどの影を作りだしています。

「みんな、おだまり！」

正体を現したアースラは、強い口調で命じました。

三姉妹はぴたりと泣きやみました。

「あんたたちは必ず、かわいい妹にまた会える。わたしが約束するわ。でもそれには、まず、わたしの頼みを聞いてもらうわよ。」

アースラは、三人をみつめると宣言しました。

3 海の魔女の告白

アースラと奇妙な三姉妹は今、海をのぞむ、ある小さな村に立っています。

長年、風雨にさらされ、屋根に厚く泥が積もった、みじめな小屋が並ぶ村。

ルシンダもマーサもルビーも、この土地から放たれる激しい憎悪をひしひしと感じていました。同時にこの悪夢のような光景を引き起こした張本人の痛みと苦しみも。

「わたしがやったのよ、もちろん。」

アースラの言葉に、奇妙な三姉妹はだまってうなずきました。

今から何年も前、アースラが破壊したこの村は、さながら死の記念碑のようです。

アースラの弟トリトン王でさえ、この土地を元どおりにはできなかったのでしょ

う。

この激しい憎しみには、トリトンの魔力が入り込むすきがないのです。

「老女王」つまり白雪姫の継母グリムヒルデの怒りも、これほど激しくはありませんでした。老女王もアースラと同じく、いくつもの国を破壊しました。

けれども、暗く孤独で邪悪な心のどこかに、赤い実を一つだけつけたりんごの木を残していたのです――ささやかな希望の証として。

（それが――あいつの――失敗のもと！）

奇妙な三姉妹は、心のなかで、同時に叫びました。

「あいつは結局、悲しみと怒りに身を任せなかった。」

「今でさえ、継娘の白雪姫を見守ってる！　魔法の鏡のなかから！」

「白雪姫の部屋にある、あの鏡のなかからねえ！」

奇妙な三姉妹は、アースラそっちのけで、ひそひそ話をはじめました。

「あたしたちのだいじな鏡の一つが、白雪姫の持ち物になってる！」

「白雪姫はあの継母に守られてる！」

「おかげで、あたしたち、手も足も出ない！」

三人は目を釣り上げて、ささやき続けます。

たしかに老女王は、死後も継娘の白雪姫を、永遠の愛で守っているのです。

「継娘への愛よ！」

「おかげで、あたしたちの計画は——、」

「だ・い・な・し！」

でも、アースラは違います。アースラには愛情をむける相手がひとりもいません。世界中の誰より孤独で、ひとりで悲しみ、ひとりで傷口をなめているアースラ。心を憎しみで満たせるのは、まさしくアースラのような者なのです。

じつは野獣王子も同類でした。王子は少年のころから、心のなかに憎しみを飼っていたのです。もしキルケとベルがいなければ、あの王子は憎しみと欲望に満ちた生涯を送るところだったでしょう。

「ああ、くやしい！」

「もう一歩だったのに！」

「まったく、どいつもこいつも腰抜けよ！」

とたんに三人はもう一度、アースラのことを考えだしました。

アースラは並外れた力をもつ魔女。人間らしい弱みは一つもなく、誰にも溶かせない強い憎しみを抱えて生きています。

それでもなぜか、三人とはうまが合い、時には助け合うこともありました。

奇妙な三姉妹はアースラを、数少ない親友のひとりだと思っていたのです。

「ねえ、アースラ。なんでわざわざ、あたしたちをここへ連れてきたの？」

「あんたがめちゃめちゃにした土地なら、ほかにいくらでもあるでしょ。」

「なぜよ？　教えて。」

三人が次々に聞くと、

「なぜなら、ここはイプスウィッチ、わたしの第二の故郷だから。」

アースラはそう答えて、驚く三人を順番にみつめました。

「わたしはここで育ち、ここでひどいめにあわされた――トリトンのせいで。あんたたちを、ここに連れてきたのは、あんたたちに、トリトンを亡き者にする手伝いをしてほしいから。憎い弟のトリトンをね。」

三姉妹はぞっとしました。

憎しみには人の心で呼び覚まされるものと、新たに生まれるものがあります。どちらにしても、強力な憎しみは、人を殺すことができるのです。

そして憎しみは呪いの力を増す――魔女なら誰でも知っています。

アースラは今、トリトンを呪い殺すため、自分の憎しみにさらに三姉妹の憎しみを加えてほしいと、言っているのです。

奇妙な三姉妹は、すばやくわきに寄り、急いで相談しました。

「――だったら、アースラがなぜトリトンを殺したいのかを、まず聞かないと。」

「なぜ、あたしたちを手伝いに選んだのかも。」

「そして納得がいったら、引き受ける。それでいい？」

ルシンダ、マーサ、ルビーの三姉妹は深くうなずき合いました。

そのとき、三人の心に、一つの名前が浮かびました。

キルケ――ああ！　あたしたちのかわいい妹。

三人にはわかっていたのです。

キルケの心は今、憎しみでいっぱいだと。

キルケは生まれて初めて、その小さな美しい心の奥底に憎しみを抱いたのだと。

三人の姉は、愛情深い妹キルケが誰かを――とくに家族を――憎むことなどありえないと思っていました。だから、自分たちがキルケの愛を失うことなど考えられないと。

ところが今、それが現実となったのです。

「キルケはあたしたちが野獣王子のことで、よけいなお世話をしたと思ってるのよ。」

「あたしたちが泣いて謝っても、許してくれなかった！」

「あの子の心は壊れて、粉々になっちゃったの！」

そして、三人の姉は誰も、それを元どおりにできないのです。

キルケほどの魔力があれば、三人から永遠に身を隠すことなどかんたんです。

三人はそう考えると、真っ青になりました。そのいっぽうで、ふしぎな憎しみが、それぞれの心にわいてきたのです。

「最愛の妹に二度と会えないなんて、最も重い罰よ。」

「でも、あたしたち、そこまで悪いことをした？」

「すべて、キルケを守るため、キルケを愛するがゆえにしたことなのに。」

それでも、キルケの顔をもう一度見られるなら、三人は喜んで命をかけ、トリトン王を亡き者にする計画に加わるつもりでした。

憎しみは、破壊力をかきたてるのです。

今の状態なら、自分たちの憎しみを結集するのはそれほど難しいことではない。

三人にはそれが、よくわかっていました。

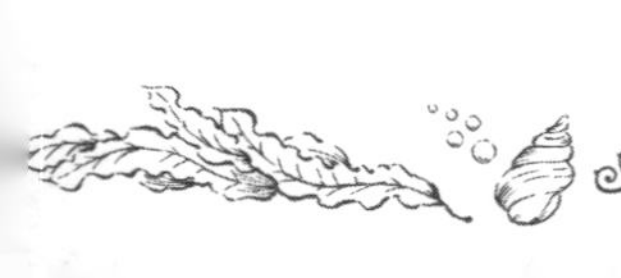

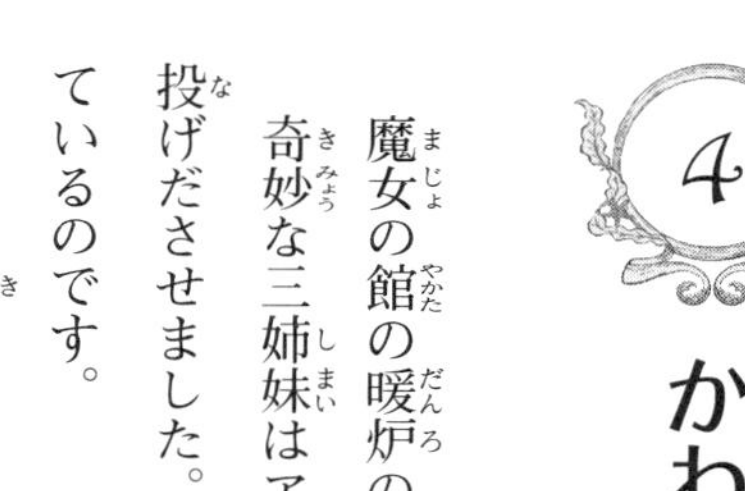

かわいい海の申し子

魔女の館の暖炉の前で、アースラは語りはじめました。

奇妙な三姉妹はアースラをいちばん座り心地のいいいすに座らせ、足をスツールに投げださせました。二本足で地面を歩くことに慣れていないアースラは、とても疲れているのです。

「では、聞いてもらおうかしら。」

アースラは、ささやくように話しはじめました。

「父は——わたしの育ての父は——わたしが板切れにしがみついて波の上をただよっているところをみつけたの。最初は、沈没船の残骸の一部だと思ったらしいわ。わた

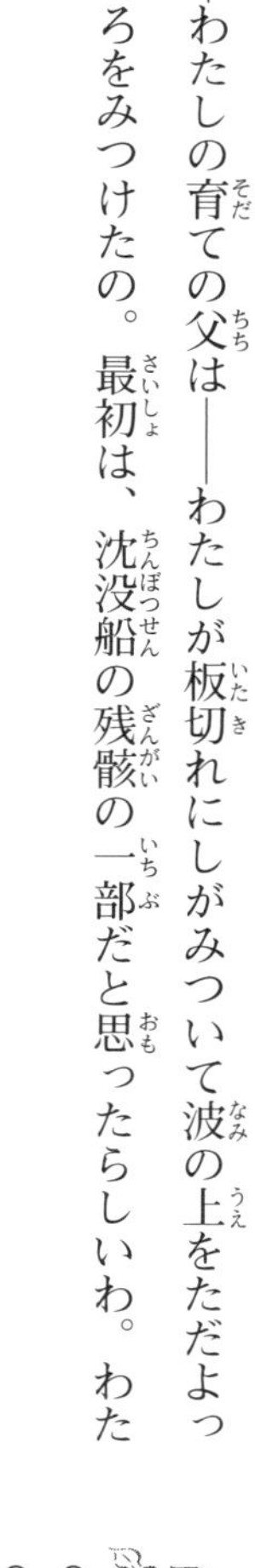

しを海からすくいあげ、家に連れ帰り、わたしをいっしょに住まわせた。

父はわたしを〈かわいい海の申し子〉と呼び、自分の娘として育ててくれた。

毎朝わたしは手をふって、漁に出る父を見送り、海の神々に、

『パパを無事にうちに帰してください。』

と祈ったものよ。祈りはつねにかなえられた。父は世界でただひとり、わたしを心から愛してくれた人だった。父は海の神々に毎日、

『わしの孤独な人生にこの子を加えてくださったことに感謝します。』

と祈り、わたしは海の神々に、

『わたしの人生にパパをもたらしてくれたことに感謝します。』

と祈ったわ。そのころは父もわたしも、わたしのなかに何が育っているのかを知らなかった。ところがやがて、この体のなかに恐るべき力が育ちつつあることを知ったの。そして姿も少しずつ変わってきた。わたしは自分が将来、どんなふうになるのかと恐れだした。でも、父は気にするなと言った。

『どんな姿になろうとも、おまえはわしの娘、かわいい海の申し子だ。』

と言ったのに。あのとき、父を信頼していたら！」

そう言うと、アースラはふいにだまり込みました。

やがてマーサが、沈黙を破りました。

「じゃあ結局、あんた、その父親に裏切られたの？　男はいつも裏切るからねえ。」

アースラはマーサを氷のような目でみつめます。マーサが首をすくめ、

「もしかして、あんたの父親は、あんたの真の姿を嫌がった？　それとも――あんたの力に恐れをなしたとか？」

と、おずおずたずねました。

アースラはだまって、こぶしをにぎりしめます。

「じゃあね、あんたの父親はあんたを殺そうとした！」

「そう！　父親は最悪の存在だからね！　いつだって。」

ルシンダとルビーが次々に叫び、

「あほで最低な父親に復讐したいなら、喜んでお手伝いするわよ。」

「もし、あたしたちで足りなきゃ、あの老女王を呼びだしてもいいわ。」

「白雪姫が、あの鏡さえもっていなけりゃねえ！」

ついには三人そろって、勝手なことをわめきだす始末。

すると驚いたことに、アースラは涙を浮かべて、こう言ったのです。

「違う！　そういうことじゃないの！」

奇妙な三姉妹はぎょっとして口を閉じました。やがて、

「あんたが復讐したかったのは、あの下品な村人たち。そうなのね。」

ルビーが苦々しげにつぶやきました。

フランツェは目を細め、前足をきちんとそろえます。

アースラは、ふっとため息をつき、話を続けました。

「自分が人間以外の生き物だということがわかりだすと、わたしは恐ろしくなった。

もしかして、自分が海の神々を怒らせた罰なのかと――。」

「でも、あんたは、最も位の高い海の女神じゃないの⁉」

三姉妹は声を合わせて叫び、アースラは答えました。

「当時はそんなこと、知らなかった。自分は普通の少女だと思っていたから。でも海の呼び声は日々強くなり、わたしは父のもとを離れなくてはと思いはじめた。イプスウィッチの村人はみんなおろか者よ。ささいな災難もすべて神々の怒りのせいにする。そして、何かあるたびに、わたしを指差しては、あの怪物のせいだと言った。悪いと思ってなかったのは、わたしひとり。かばってくれたのは父だけだった。」

アースラの目から涙があふれます。三姉妹も、つられて泣きそうになりました。

ねこのフランツェはにゃあおと鳴き、アースラは話を続けました。

「わたしは毎朝、父が船に乗って漁に出かけると、がけの上まで歩いていった。そこから海をみつめて考えていた。なぜこんな気持ちになるのか。なぜ自分がまわりの人たちとは違うと感じるのか、なぜここから海に飛び込みたくなるのかと。

そして結局、自分はいつのまにか心がおかしくなってしまったのだと思ったの。

こんながけの上から身を投げたら死ぬに決まっている。でも飛び込みたくてたまらないの。最初は、そんなやりかたで人生を終わらせたいと思う自分が恐ろしかった。ところがやがて、ここから飛び込んでも死ぬわけではないと感じだした。すると、わたしが本当に恐れていることがわかりはじめた。それは父と離れること。

だいじな父と引き離されるなんて、死ねと言われるのと同じ。わたしは毎日、断崖の上に立つと、飛び込んではだめと自分に言い聞かせた。そして海の神々に、

『わたしに陸に留まるための勇気と力をおあたえください。』

と乞い願った。けれどもある霧が深い朝、わたしはついに誘惑に負け、断崖から身を投げたの。そして——想像を絶する、恐ろしい情景を見ることになった。」

「彼らが——村のやつらが——あんたを待っていたわけね。」

ルシンダが、涙ではげ落ちたマスカラを、ほほにくっつけたまま聞きました。

「そのとおりよ。やつらは浜辺で、わたしが打ち上げられるのを待っていた。それか

らわたしを村の広場まで引きずっていき、焼き殺そうとした。わたしが今までの人生で知った人間は、まさしく、ああいうのばかり。やつらは家から飛びだしてくると、わたしを火あぶりにしようとした。」

「で――あんたは――どうやって逃げだしたの？」

ルビーが、恐る恐るたずねました。

「父よ。父が追い払ってくれた。棍棒をふり回して。わしのだいじな娘を放さなければ、たたき殺すぞとわめきながら。でもすぐ、追っ手がふえて……。」

アースラはふたたびだまり込み、しばらくするとこう言いました。

「やつらはわたしをつかまえて、処刑しようとした。父はわたしをかばって――やつざきにされた。ふたたび海に飛び込んだわたしは――トリトンの王宮に逃れたの。」

すかさず、ルシンダが言いました。

「トリトンの王宮!?　い、い、い、あんたの王宮でもあるでしょ！　姉弟なんだから。」

アースラは目を釣り上げました。

「トリトンはわたしの弟なんかじゃない！　トリトンは、わたしがイプスウィッチの村をめちゃくちゃにするまで、ずっと知らん顔だった。弟の名乗りすら上げなかった。わたしがあの村にした復讐のことをどこかで聞きつけると、のこのこやってきた。でも、やつの魔力で、村を元どおりにすることなんか、もちろんできるはずもない。しかたなく、わたしを海の底の自分の王国に連れていき、『だいじな姉』だと紹介しようとしたの。」

「うん、うん……、それで？」

マーサがびくびくしながら聞くと、

「ところがやつは、わたしの姿が気に入らなかったのよ！　本当の姿が！」

アースラはどんとテーブルをたたきました。

すてきなティーポットとカップが次々に飛び上がり、ゆかに落ちると、粉々に飛び散りました。奇妙な三姉妹が抱き合って震えだします。

フランツェが、とりなすように、にゃあおと鳴くと、アースラはため息をつき、ふ

たたび口を開きました。

「トリトンは――あのみえっぱりは、臣下たちの手前、わたしに真の姿のままでいることを許さなかったのよ。」

そこまで言うと、アースラはいすからぬっと立ち上がり、クッションを次々と壁に投げつけながら、わめきだしました。

「わたしはね、海の底のトリトンの王宮で、新しい家族にあいさつさせられた！　今と同じ、この顔で！　尾びれを別にすれば、人間そっくりの、この体で！　やつはわたしに、ずっとその姿形でいろと命じた。やつは、真の姿のわたしを姉と認めなかった。やつは、姉のわたしを愛してなんかいなかった。ただ利用するため、いやいやわたしを王宮に連れ帰った。せめて自分の好みの姿にして、がまんした！」

トリトンが、姉アースラの真の美しさを理解できなかったのは、たしかです。そして王の権力をふるい、姉を人魚の姿に閉じ込めたことも――。

ねこのフランツェがアースラの足にすり寄り、ごろごろのどを鳴らしました。

フランツェにはアースラのつらい気持ちがよくわかったのです。
アースラは、フランツェの頭をそっとなでました。
（ああ、これで収まりそう。）
ルシンダとマーサは、ほっとため息をつきました。
ところがそこで、ルビーが突然、口を出したのです。
「だったら、アースラ、すきを狙ってトリトンを殺しちゃえばよかったのに。
あんたは並外れた力をもつ魔女なんだし。」
「なんですって！」
金切り声とともに、アースラの顔がゆがみ、体がぐんぐんふくれはじめました。
「あんなにおおぜい、家来がいるのよ！　いくらわたしだって、できるわけない！」
アースラが陸上で正体を見せるのは、本当に珍しいこと。
まわりに水がなければ苦しくて、息をするのもたいへんなのです。
それでもアースラは、もうがまんできないと言うように、人間の姿を脱ぎ捨て、い

ならぶ三人をにらみつけました。

「さあ、見るがいい。これがわたしの選んだ姿。わたしの真の姿よ！　わたしはいつだって、自分の望むような姿になれる！」

「ええ、ええ、そうでしょうとも。」

マーサがあわてて言うと、ルシンダとルビーが熱心にうなずきました。

アースラはたちまち、元の人間の姿にもどり、低い声で続けました。

「ところが、あの王宮にはトリトンの魔力がはりめぐらされていた。わたしは、この姿から抜けだせなかったの。

でもね、トリトンの――あのみえっぱりで、おろかな弟の最大の罪はそんなことじゃないの。思いだして！　わたしはあの村に何年もいたのよ。でもあいつはその間、一度もわたしをさがしにこなかった！　父が村人たちから、なぶり殺しにされ、わたしが仕返しにあの村をめちゃめちゃに破壊したあと、のこのこやってきた。

そして、自分は弟だと名乗りを上げたわけ。

なぜ？　やつがなぜ、わざわざ、あの村までできたと思う？

わたしを愛していたからじゃないことは、わかるわよね！」

ルシンダ、マーサ、ルビーは震えながら、うなずきました。

アースラは三人を順番ににらみつけると続けました。

「やつがあの村にやってきたのは、幼いころ、行方不明になった姉が、突然心配になったわけでもない。

トリトンは父親から正式に王位を譲り受けたかったの。

それには、姉のわたしが死んだか、恥ずべき存在だと証明する必要があった。

そのため、あいつは、わたしをさがしはじめたってわけ！

幼いころ、海の底で遊んでいたとき、わたしは波にさらわれた。

あいつは、わたしを見捨てて、さっさと王宮に帰ったのよ！

そのくせ、必要になると、わざわざさがしにやってきた。」

アースラのけんまくに、奇妙な三姉妹はただ、うなだれるばかり。

「それで――王宮に帰ってからは、どうだった？」

ルシンダがびくびくしながら聞きました。アースラはきれいな砂糖つぼをひっつかむと、壁に投げつけました。砂糖つぼは割れて、黒白チェックのタイルのゆかに、白い砂のような砂糖が波のように広がりました。

フランツェが、にゃあと鳴き、アースラはまた話しはじめました。

「あの王宮で、トリトンはわたしを人魚の姿に閉じ込めただけじゃなかった。ひそかにわたしを殺そうとしたことが、何度もあるわ。

やつは、人間どもがわたしを殺そうとしたことを知っていた。

父が――わたしを育ててくれた最愛の父が――わたしをかばって死んだことも。

でも、トリトンはわたしに、くやみの言葉一つかけなかった。

やつが人間をどう思っているかは、あんたたちもよく知っているわよね。

海の王トリトンにとって、人間は魚殺し。人間は敵。

だから、わたしがあの村を破滅に導いたことは、問題にすらしなかった。

トリトンが『海の神々の制裁だ。』と言っては、人間たちに、どれほどひどいことをしてきたかは、あんたたちも聞いて知っているでしょ！」

アースラは、マーサがおずおずと運んできた水をぐいと飲むと、

「やつの罪は、そんなものじゃ、すまないわ。どう、まだ聞きたい？」

と、三姉妹をみつめました。

三人が震えながらうなずくと、アースラは続けました。

「やつはね、姉のわたしをよこしまな殺し屋にでっちあげて、王宮から追放したの。トリトンは海底の独裁者になりたかった。表向きは、さも仲がいいようなふりをしながら、じつは一刻もはやく、わたしを追い出したかった――何かそれらしい口実をみつけてね。トリトンは、わたしの力を、心底恐れていたのよ。」

アースラは美しい顔をゆがめると、続けました。

「わたしが破壊したイプスウィッチの村を見たとき、やつは言葉を失った。そして、『これは驚きだ。』と、やっとの思いで言ったの。自分の王国に、同じことをされたら

たまらないと思ったんでしょ。」

アースラは、怒りの形相をさらに激しくすると、続けました。

「やつは、本当はわたしを姉だなんて、思っていなかった。なぜあんなにしつこく、わたしを自分の王国へ連れ帰ろうとしたかも、最初はわからなかった。わたしたちはすぐ、顔を見ればけんかをするようになり――やがてやつは、王宮でわたしの名を口にすることを禁じた。わたしは結局、王宮を追われた。」

奇妙な三姉妹は、そろって、ため息をつきました。

アースラは、くやしそうにそっぽをむくと、こう言いました。

「やつの末娘は、わたしの存在すら知らない。長女ときたら、わたしとの思い出は悪夢のようだと言っているらしい。今になれば、理由はわかる。やつが、わたしの悪口ばかり、言いふらしていたからよ。わたしをわざわざ王宮に連れ帰ったのは、わたしがともに王座を継ぐにはふさわしくない存在だと証明するためだったの！」

「ふたりでいっしょに国を治められれば、よかったのにねえ。」

ルシンダが心から言いました。アースラは首を横にふりました。

「いいえ、それはむり。だからこそ、わたしは、やつの王国を奪い、自分のものにする——力ずくで。じゃまする者は誰であれ、殺す。トリトンはたしかに、わたしの弟で、家族だったかもしれない。でも今は、もう違う。そうしたのは、ほかでもないやつなのよ。」

アースラの心は憎しみに燃えていました。

愛する育ての父を殺した、おぞましい人間どもに対する憎しみ。実の姉である自分を恥ずべき怪物として、王国からしめだしたトリトンへの憎しみ。

三姉妹はアースラの発する憎しみを、貴重な贈り物のようにかき集めました。その憎しみこそ、三人がだいじな妹キルケを取りもどす力になるからです。あとはアースラから、トリトンを殺す方法を教えてもらうだけでいい。

アースラがにやりと笑いました。

そして、以前から温めてきた、恐ろしい計画を明かしました。

「まずは、やつの娘を破滅させる。」

そう言うと、けたけた笑いました。するとルシンダが、

「娘は七人いるはずよ。何番目にするの？」

と聞きました。

「末娘よ！　どう？」

ルビーがうれしそうに鼻をくしゃくしゃさせ、両手をもみ合わせました。

「アリエルをねえ。」

「そのとおり！　狙いは、あの子。」

「どうして？」

マーサは、そっと部屋を見渡し、フランツェの姿をさがしました。

フランツェは、影も形もありません。

（いったい、どこへ行ったのかしら？）

すると、アースラの声が聞こえました。

「なぜアリエルかって？　それはね、あの子が今、人間に恋をしているから。」

「きゃああ、人間に？」

ルビーが金切り声を上げ、マーサとルシンダが続けて叫びました。

「トリトン・パパが知ったら――。」

「どう思うかしらねえ？」

アースラは、にやりと笑いました。

「トリトンの人間嫌いは有名よ。ことあるごとに、人間の船をぶっこわして、沈めているわ。」

ルシンダとマーサとルビーは、たがいに目で合図し合いました。

（なるほど、そういうこと！）

三人には、アースラの考えがすぐ読めたのです。

「おや、どうしたの？　三人で何、内緒話をしているの！」

アースラに厳しく問い詰められても、三人はだまっています。

やがて六つの大きな目をむき、にんまりと笑いました。

真っ白な肌が、ひび割れた石のようになりました。

「なるほど！　アリエルは、人間になりたがってるわけね。」

ルシンダが言うと、マーサが続け、

「そんなことしたら、トリトンはショックで死んじゃうわよねえ！」

ルビーが引き取って、

「お気に入りの末娘が、大嫌いな人間になってしまうなんて、ね！」

すると、ふたたびルシンダが、

「でも、それだけじゃ、てぬるい。甘いわねえ。」と、にやり。すかさずマーサとルビーが、

「まず、アリエルが人間に変わるのを見せて――、」

「それから破滅するのを、しっかり見せなくちゃ。」

と、手をにぎり合い、

「そのとき初めてトリトンは――、」

「たいせつな者を失うとはどういうことかを――、」

「身をもって知るってわけ！」

三人で声を合わせて叫びました。

アースラは、さも満足そうに笑い、

「そして最後には、トリトンの魂を奪って――完全に消滅させる。」

そう言うと、三姉妹と声を合わせて大笑いしました。

なんと偉大な憎しみ。なんとよくできた計画！

四人は、いつまでもいつまでも、くくと笑い続けました。

ただしこんどは、笑い声が、外までもれないよう、声をひそめて。

この計画は、あくまで内密に実行すること。

じゃまが入ったらたいへんです。

善意の魔女の見当違いのおせっかいにも、気をつけなければ。

アースラと奇妙な三姉妹に必要なのは、純度百パーセントの憎しみ。

「じゃあ、計画を発表して。」

ルシンダにうながされ、アースラは言いました。

「まず、アリエルを殺す。父親の罪を末娘につぐなわせるために。そして――それから、トリトンを殺す！　すべてがすんだら、踊るのよ！」

「そう、踊るの！　あんたの独裁者の弟の墓の上でね！」

三姉妹はさっと立ち上がって丸くなると、アースラのまわりを踊りはじめました。

今や完全に真の姿にもどったアースラは、タコの足のような触手を伸ばして、三人のまわりを取り囲みました。三姉妹は小さな黒いブーツでゆかを踏みならし、

「♪トリトン、死ね死ね、死ね、死んじまえ！」

と歌いながら、踊り続けます。

アースラの笑い声が、魔女の館に響きわたり、棚に並んだティーカップや毒薬のびんを、かたかたと鳴らしました。

5 哀れで不幸な魂のために

海底の奥深い闇のなかに、アースラの洞窟はありました。

薄暗い洞窟には、赤や紫のぶきみな明かりがともされ、あちこちに海の怪物たちのミイラや骸骨が飾られています。

アースラが奇妙な三姉妹の館からもどってくると、手下の怪物たちが黄色い目を光らせ、次々と泳ぎ寄ってきました。どれも魚そっくりの姿ですが、アースラに忠実につかえる、恐ろしい小さな殺し屋たちです。

「まずはアリエルの魂を奪う。それが、この計画のかなめだからね。」

厳しい顔でつぶやくと、アースラは、女王の部屋へ泳いでいきました。

そして、望遠鏡がわりの丸い大きな泡の球をのぞきこむと、

（ほおら――出ておいで。アリエルちゃん。）

と、心のなかでささやきました。

やがて泡のなかに、赤毛のかわいい人魚が見えました。

アリエルです。

（これは美人だ。でも、何をそんなにあわてている？）

アースラは首をかしげ、巨大な手をぱんとたたきました。

（そうか！　きょうは、人魚の成人式だった。）

どうやら、アリエルは遊びすぎて、式に遅れそうなのです。

「せいぜい急いでお帰り。あんたもきょうでおとなだ。パパもさぞ、お喜びだろうさ。アースラおばさんも、ここから、あんたの成人式をしっかり見物してやるよ。」

アースラは、泡のむこうのアリエルに呼びかけると続けました。

「あんたの父親の王宮にいたときは、出たくもない行事に、次から次へと引っぱりだされた。きゅうくつな人魚の姿でねえ！　あげくの果てに、ここへ追放！　でもまあ、人生、悪いことばかりは続かない。わたしにもやっと運が回ってきたらしいよ。」

にやりと笑うと、

「ジェットサム！　フロットサム！　やつのかわいい末娘をしっかり見張るんだ。」

雷のような大声で、ふたごのうつぼに命じました。

トリトンの怒りをかったアースラは、すべての力を奪われ、この洞窟に追いやられました。アースラはくやしがり、いつか必ず弟に復讐しようと心に決めました。

でもそれには、どうすれば？

アースラは考えた末に、いいことを思いつきました。

トリトンの冴えない家臣たちの魂を奪って、それを力にするのです。

「♪さあさ、おいでよ、寄っといで。

背たけが足りずに困っていたり、恋人ができずに悩んでいたら、

その魂と引き換えに、わたしが願いをかなえましょ。
哀れで不幸なあんたの魂、このアースラに売っとくれ！」

アースラの歌声は、はるか遠くのトリトン王国にまで届き――。

やがて、不幸な魂をもつ者が、ひとり、またひとりと、この洞窟までやってきて、アースラと取引をするようになったのです。

とはいえ一回の取引で奪える魂は一つだけ。

これでは一生かかっても、トリトンを破滅させる力など、溜まるはずもありません。

するとある日、疲れてぐったりしていたアースラのもとにキルケがやってきて、奇妙な三姉妹から思わぬものが届いたのです。

金の巻き貝のネックレス。

追放されるとき、トリトンに取り上げられたネックレス！

両親が、弟トリトンと半分ずつあたえてくれた魔力が入った、あのネックレスが。

アースラの力は、これで完全に復活しました。

いっぽうトリトン王は、そんなこととは夢にも知りません。

怪物のような姉は相変わらず、暗い洞窟で、つまらない魂を集めているのだろうと、安心しきっているでしょう。

(これは好都合!)

アースラはにたりと笑い、知らん顔で不幸な魂を奪っては、抜け殻を洞窟の裏庭に吊るしました。

でも、それも、あと一度だけで終わり。

アリエルの魂が手に入れば、最後です。

それにしても、アリエルはどんな子なのだろうと、アースラは想像しました。

(もし父親似なら、手ごわい取引相手となるはず。そして姿は——もちろん母親似だ。では、もし心まで母親に似ていたら?)

すると、アースラの心に、アリエルの亡き母アテナの姿がよみがえりました。

アテナはたいへん美しく、しかも公平でやさしい人魚でした。

姉弟が争うたびに、アースラに味方してくれました。そしてトリトンに、

「お姉さまとともに国を治めるのが、あなたのご両親の希望だったはずですわ！」

と訴え続けたのです。

アテナは、王宮にもどってきたアースラに、けっしてつらい思いをさせませんでした。

アースラが王宮にもどってきてすぐ、ある舞踏会がはじまる前のことです。

真の姿で現れたアースラに、トリトンは、

「なんだ、その無様な姿は！　人魚の姿で出席してくれ。」

と、強く命じました。するとアテナが、

「何をおっしゃるの！　アースラは、このままで、美しいわ。」

と、本気で言い返したのです。

アテナがいなければ、アースラはもっと前にトリトンの王宮を出ていたでしょう。
そのアテナも、今はもうこの世にいません。
アースラが追放されたあと、アリエルを産むと亡くなったからです。
(すべては過去のことだ。忘れよう。)
と、アースラは自分に言い聞かせました。
アースラには、ぜひともアリエルの魂が必要でした。
とはいえ、アースラは考えずにいられませんでした。
(アリエルは、性格までアテナに似ているのだろうか?)
もしそうなら、アリエルはとても意志が強い子。
父に背いても自分の信念を曲げないはずです。
恋を成就させるために、自分の魂さえ売るようなことをするでしょう。
「――まあ、見てみよう。」
と、アースラはつぶやきました。

6 魔女のねぐら

三日後、アリエルはアースラの洞窟にやってきました。

サメの鋭い歯が並ぶ洞窟の入り口を抜けると、

「おや、いらっしゃい。」

アースラがとっておきの笑顔を浮かべながら待っていました。

アリエルのうしろには、うつぼのフロットサムとジェットサムが控えています。

アリエルは、だまってうつむいたまま、赤い髪をたなびかせて、震えています。

「さあ、顔を上げて。このやさしいアースラに、なんでも話してごらん。」

アースラは、けたけたと声をたてて笑い、思わず目をつぶりました。

（大きな青い目も、しなやかな体つきも――まるでアテナが生き返ったよう！）

同時に、自分がなんとも情けなくなりました。

昔トリトンの王宮で、ただひとり自分を認め、親切にしてくれたアテナ。

大好きだったアテナにそっくりのこの子を、これからおとしいれ、破滅させようというのです！

アースラが思わず、アリエルから目をそむけると、

「どうぞ、アリエル！」

「こちらへ、アリエル！」

フロットサムとジェットサムが、次々に、金切り声で叫びました。

すると、どこからともなく、

「助けてくれ〜！」

「ここから出して〜。」

魂を抜かれた人魚たちの、悲痛な声が聞こえてきたのです。

アリエルは思わずあとずさりしました。それでも、

「まあお入り、かわいい王女さま。」

アースラのねこなで声につられ、前に進みます。

アースラは、アリエルの心が、父への怒りに燃えているのを、見抜いていました。

数日前、父トリトンが、アリエルの秘密の洞穴に入ってくると、言ったのです。

「アリエル！　何度言えば、わかるのだ。人間とけっして接触してはならぬと！　おまえは、わが王国のルールを破って人間を救った！　冷酷な魚殺しの人間を！」

アリエルは必死で訴えました。

「ええ、でもパパ。わたしが助けなければ、死んでしまったわ。それにパパ――わたし、恋をしたのよ。彼に――エリック王子に。」

怒った王は、アリエルがだいじに集めた、海の上から落ちてくる人間たちの持ち物も、フランダーがみつけてくれたエリックの銅像も、矛でこっぱみじんにしてしまったのです。

（しめしめ。パパへの怒りに燃えている娘の心は、操りやすいからねえ。おろかな石頭のトリトンめ。娘を頭ごなしにどなりつけて、家出をされた。）

アースラは、ひそかに、ほくそ笑みました。そして、

「あんたの胸のうちは、よおくわかるよ――わたしは魔女だから。」

アリエルを抱き寄せると、

（よしよし、おろかなじゃじゃ馬娘。もっと、もっと怒るがいいよ！）

心のなかでこれからの計画を確認しました。

――アリエルの、父への怒りをかきたて、エリックとかいう人間の王子への恋心をつのらせ、人間の姿に変えてトリトン王国から逃げださせる。愛娘に捨てられ生きる気を失ったトリトンを、すきを狙って殺し、自分が代わりに女王となる。

「で、かわいいアリエル。あんたは恋をした――ハンサムな人間の王子に。どうしたらいいか困っている。」

アリエルは、そっとうなずきました。

「そんなのは、かんたんさ。」

アースラは、巨大な手で、巨大な胸をばんとたたきました。そして、

「人間の恋人になりたけりゃ、あんたが人間になればいい。」

と、さりげなく言ったのです。

「そんなこと、できるの？」

アリエルは目をしばたたかせました。

アースラは大きくうなずきました。

「ああ、かんたんさ。わたしの魔法を使えばね。どうだい。わたしと取り引きするかい？

気の毒な人魚を助けるのが、わたしの仕事なんだよ。」

「ほんとに？」

アリエルが聞くと、アースラはにんまり笑って言いました。

「昔のわたしはいじわるだった。それで魔女と呼ばれたの。でも、あるとき心を入れ替えて、清く正しい女に生まれ変わった。魔法の力はもちろん、あるよ——もって生まれた才能だからね。最近わたしはそれを、みんなのために生かしてるのさ。」

アリエルを上目づかいにみつめて続けました。

「哀れで不幸な人魚たちが、わたしを頼って、ここへやってくる。たとえば、やせてスマートになりたいとか、恋人がほしいとか。わたしはみんなに救いの手を差し伸べる。哀れで不幸な人魚たちは、あそこの大なべの前で、叫ぶのさ。

『呪文を！　アースラ、頼むよ、呪文を！』と。

親切なわたしは、喜んでお手伝いする。そう、みんなが幸福になるお手伝いをねえ。」

アースラは、アリエルの空色の目をのぞきこんで続けました。

「ただしね、アリエル。ほんのたまに、代金を払えない者が出てくるんだよ。ま、そういうやつらは燃料がわりに、火にくべるだけだけど。」

アースラは震え上がるアリエルを無視して、言いました。

「じゃ、取引の条件を教えよう。わたしはあんたを三日間だけ、人間にしてあげる。そう、三日間だけね。あんたは、三日目の日没までに、エリック王子を恋に落とし、キスをさせる。普通のキスじゃだめだよ。真実の愛のキスをね。そしたら、あんたはめでたく人間になれる。もしだめなら——あんたは人魚にもどり、一生、わたしのものになるんだ。以上が条件だけど、どうだい？」

アリエルはぎょっとしました。

「どうだい、取り引きするかね？」

アースラの言葉に、アリエルは思わず確かめました。

「もしわたしが人間になったら、パパや姉さんたちと、二度と会えないの？」

「ああ、そのとおり。でもあんたには、エリック王子がいるじゃないか。人生には、ほかのことをぜんぶ手放さないと、手に入れられないものがあるんだよ。そうそう！それともう一つ。何かがほしければ代償を払わなくては——わかるね？」

「でもわたし——。」

アースラは、アリエルをさえぎりました。

「心配することはないの。形だけ、ほんのささやかなお代だ。あんたが捨てても平気なものをよこせばいい。つまり——あんたの声をね。」

「わたしの——声を？」

「そう。あんたはしゃべることも、歌うこともできなくなるけどね。」

「声がなければ、いったいどうやって……。」

「そのかわいい顔があるじゃないか！　目もお使い！　陸の男たちはね、おしゃべり女が嫌いなの。陸の上でもてるのは、無口なレディ。声なんて、あるだけじゃまなのさ。」

「——ほんとに？」

「もちろん！　さあ、さっさと決めておくれ。わたしは忙しいんだ。気が変わらないうちに、声をよこしたほうがいい。さあ、この契約書にサインを！」

アリエルはアースラの勢いに押され、つい契約書にサインをし——。

とたんに、取り返しのつかない失敗をしたことに気づきました。

（ああ、わたし、なんておろかなことをしちゃったの！）

そう思ったときには、契約書は取り上げられ、魔術でどこかへ隠されたあとでした。

（ああ、どうしよう！）

アリエルは真っ青になって、震えだしました。

（一度も話をしたことない人を、自分に恋させるなんて――それも三日間で！　むりよ。わたしにはむり。もしできても、パパが許してくれっこない。もしできなければ、わたしは家族を捨て、生まれ故郷を捨て、おまけに声まで奪われたままで――。）

アリエルは自分がまるで悪夢のなかをただよっているような気がしてきました。

赤と青と紫の光に照らされた薄暗い、ぶきみな洞窟。歯をむきだして、今にも襲いかかってきそうな小さな怪物たち。

アースラが低く太い声で、一心に、ぶきみな呪文を唱えはじめました。

「ベルガ、セルーガ、カスピ海の風よ吹け！　ラリンクセス、グロシットティス、エト、ラリンギティス、この娘をわがものに！」

（だめ！　やめて！　わたし、気が変わったわ！）

アリエルは、叫ぼうとしましたが、声が出ません。

それに、ここでやめたらそのあと、どこへ行けばいいのでしょう？

（パパのところへもどる？　それはできない！　できないわ。とんでもない！　そんなの死んでもいやだわ。）

と、アリエルは思いました。

（パパはわたしがだいじに集めたコレクションを、ぜんぶ壊して放りだした。わたしの話なんか、聞こうともしなかった。あんないばりくさったパパといっしょに暮らせない！　でも姉さんたちは？　フランダーは？　セバスチャンは……？　あ、もう知らない！）

こうなったら、残る道はただ一つ。

人間になって、エリック王子のもとへ行くしかないのです。

海の魔女アースラの大なべのなかは、ぐつぐつと煮えたぎっています。

やがて、うずまくぶきみな青い光が大なべのまわりを囲いだしました。

アリエルの耳に、自分の心臓の音がはっきり聞こえます。

（わたしは、だいじな家族を裏切った。みんなに相談もせず、人間になろうとした。海の上の世界に行ってみたかったから。新しい世界を知りたかったから。そして――エリックに恋をしたから。）

パパはきっと一生、わたしを許してはくれないだろうと、アリエルは思いました。

アースラは、アリエルの心を読んだように、けたけたと笑いました。

「あんたのパパは、人間になったあんたを憎むよ。このわたしを憎んだようにねえ。」

うずまく光が突然、大きなべたべたした何本もの手に変わり、アリエルの声を奪いにやってきました。

「さあ、歌え！　アリエル！　その口を開けて。」

アースラが命じました。

べたべたする手が右からも左からも伸びてくるとアリエルののどをつかみ、アリエルの口のなかから、自慢の声を、容赦なく引っぱりだそうとします。

なんと恐ろしい!

アリエルは、声を奪われるのがこれほど苦しいことだとは思ってもみませんでした。

アリエルの体のなかになんとかとどまろうとする声と、それを引き剝がそうとするアースラ。どちらも必死で、なかなか勝敗は決まりません。

あまりの痛さに、アリエルはいっそ身を任せようと思いました。ところが体全体が、声を奪われまいと抵抗をし続けるのです。

そしてついに、決着の時がきました。

アリエルのくちびるから自慢の美しい声があふれ、勝手にただよいだしたのです。

「歌い続けろ! 歌い続けろ、ひいっひっ、ひっひっひっ!」

アースラの大笑いは、近くの国々まで響きわたります。大なべから金色の光が放たれ――、アリエルを囲み――人魚の尾びれを引き剝がし、二本の足に変えました。

アリエルは人間になったのです。父トリトンが憎み、軽蔑する人間の娘に。

すると、息が苦しくなってきました。人間は海のなかでは息ができないからです。

でもアースラは知らん顔。

こうなったら、空気を求めて海上まで泳いでいくしかありません。

さもないと――。

7 マレフィセントの警告

一羽のカラスが、魔女の館の外のりんごの木にとまりました。

マレフィセントのカラス。

カラスは窓ごしに、奇妙な三姉妹をみつめています。

三人はキッチンで密談の真っ最中。

テーブルのまんなかには、カラスが運んできた一枚の紙。

マレフィセントからの警告状です。

「〝アリエルの血が、おまえたちの指を汚すだろう。アースラに注意。〟」

ルシンダがつぶやくように読み上げると、

「じゃ、あの人、知ってるんだ！　あたしたちがアースラを呼んだことを！」

ルビーが甲高い声で叫びました。

「そりゃ、もちろん！」

「でなけりゃ、警告なんか送ってこないでしょ！」

ルシンダとマーサが言い返します。

「ま、そうよね。でも――どうする？」

ルビーは心配そうに、ふたりをみつめました。

「うーん。」

「そうねえ……。」

ルシンダとマーサが、小さな頭を左右にふると、

「じゃ、いっそ、アースラからマレフィセントに乗り換えちゃうのは？」

ルビーが小さな手をたたいて、飛び上がりました。とたんに、

「だめ、だめ、だめ！　ぜったいだめ。」

ルシンダが大声を上げ、

「そんなことしたら、アースラに何されると思うの。」

マーサが、ため息をつきます。

「じゃあ、どうすればいいのよお！」

ルビーが、両手に顔をうずめて泣きだしました。

「――わかった、ちょっと待ってて。」

ルシンダは外へ出ると、つかつかとりんごの木に近づき、カラスを見上げます。

そして、ゆっくり、はっきり、言いました。

「あんたの、主人に、伝えなさい！」

カラスはだまって、ルシンダを見下ろしています。

「〝子分を寄こすな！　スパイをさせるな！〟　いい？」

ルシンダは目を釣り上げ、金切り声で言い渡します。

カラスは、ルシンダにむかって、くちばしを鋭く鳴らしました。

でも、ルシンダはひるみません。

（こんな使いっ走りに、何ができるもんか！）

むりやり自分に言い聞かせ、

「それから、もう一つ！」

と、えらそうにふんぞり返りました。

「〝脅迫はやめて！　おせっかいは、お断り。あたしたちの、友だちで、いたいなら、変な警告状を、送ってこないで！〟まだ終わりじゃないわよ。」

目をぎょろぎょろさせると、結びました。

「〝長年の、友情には、感謝してる。でも、あたしたち、あんたの、言いなりには、ならないからね！〟わかった？　カラス。ちゃんと伝えなさいよ！」

ルシンダはドレスのすそをつまみ、ぷいとカラスに背をむけて、館のなかに帰っていきました。

カラスはカアカアカアカアと激しく鳴くと、霧のなかに消えました。

「ルシンダったら、あんなに強いこと言って――だいじょうぶ？」

ルビーが、ルシンダの顔をのぞきこみます。

ルシンダは、ルビーをにらみつけました。

「おや、あんた、マレフィセントが怖いわけ？　じょうだんじゃない！　むこうはひとり、こっちは三人。あたしたち三人分の力を合わせたら、マレフィセントなんか目じゃないって！」

ルビーは首を横にふりました。

「マレフィセントは、すべてをお見通しよ。あたしたちが、どれだけ用心深く隠しても、必ずかぎつける。」

「うーん、たしかに。」

「カラスどももいるしね。」

ルシンダとマーサが、次々につぶやくと、

「そうでしょ。」

ルビーはふたりをみつめて、続けました。

「もし、マレフィセントの警告が正しかったら？　もしアースラは信じられないとなったら――どうすればいいの？」

「でも、アースラは、あたしたちの友だちよ。」

マーサが言うと、

「マレフィセントだって同じでしょ！　ああ！　困った。」

ルビーは頭を抱えました。

「いいえ、困ることは何もないわ。」

ルシンダが、ルビーとマーサを交互に見ると言いました。

「マレフィセントとアースラは犬猿の仲。つまり、あの警告状は、マレフィセントがアースラをおとしめようとしているだけってこと！」

8 奇妙な三姉妹、悩む

奇妙な三姉妹は、マレフィセントの警告に心をゆさぶられ、ついアリエルの監視を忘れていました。

アリエルは今、海辺にあるエリック王子の城に入り込もうとしています。

でも、王子の心をつかんではいません――今はまだ。

「さあ、これからはアリエルに集中よ。フロットサムとジェットサムはどこ？」

ルシンダが言うと、

「待ってて、鏡をもってくる！」

マーサが叫んで、走りだしました。

「なぜマレフィセントは、あんな警告をしてきたのかしら？　――〝アリエルの血が、おまえたちの指を汚すだろう。アースラに注意。〟……。なぜ、なぜ、なぜよ。」

ルビーは、ぶつぶつ、つぶやき続けます。ルシンダはついにがまんしきれず、

「ルビー！　もうやめて。ほら、マーサが鏡をもってきたわよ。」

と、指差しました。マーサが背たけより大きな鏡を引っぱってきます。

「いたわ！　あの二匹が見えたわよ！」

「どれどれ。」

ルシンダとルビーはかけよって、のぞきこみました。

鏡のなかにはたしかに、フロットサムとジェットサムの姿がはっきりと映っています。

「ちょっとお！　いっしょに押さえてよ！」

マーサが金切り声を上げました。

「もっと小さな鏡でよかったのに。さあ、行くわよ。」

ルシンダが言うと、三人はよちよちと鏡を運びはじめます。

やがて暖炉を守る一対のオオガラスの彫像の片方に、鏡をたてかけました。

暖炉の前ならあたたかいし、落ち着いてアリエルの行動も見張れるというもの。

ところが、ほっとしたとたん、三人はそろって不安に襲われました。

(あたしたち、正しいことをしてる——わよね？)

三人はついこのあいだまで、黒魔術をかけたり、いじわるを言って相手を困らせたりするのが大好きでした。でも今、そんなことはいっさいしていません。キルケが嫌いな、歌うような話し方もやめました。すべて、キルケにもどってきてほしいからなのです。

「あたしたち、今までの行いをキルケに許してもらいたいの！」

「まじめでりっぱな姉たちになったと、認めてもらいたいのよ！」

ルシンダとルビーが口々に叫ぶと、マーサが首をかしげました。

「だったらアースラと組んでアリエルを破滅させて、トリトン王を殺そうなんて——

もってのほかじゃない？　そんなことをすれば、キルケはますます怒るわよ。」

「あら、本当にそうかしら？」

ルシンダは、眉をあげて、言い返しました。

「アースラを手伝ったって、キルケは気にするもんですか。かえって喜ぶわ。キルケはアースラが大好きだしね。トリトンがアリエルにしたことだけでも激怒して、あたしたちを応援してくれるって！」

「そうかも！」

マーサとルビーが、そろって目を輝かせると、ルシンダは言いました。

「そうでしょ！　娘の真剣な恋をじゃまして、娘の宝物をめちゃめちゃにして！

――そんなひどい父親、キルケが許すはずない！　もし今、キルケがここにいたら、アリエルの願いを無償でかなえて人間にして――。」

「そして、トリトン王を殺すと言うわ！」

マーサが叫ぶと、

「……そんなこと、ないんじゃない？　あの子は反対するわよ、きっと。」

ルビーがささやくように言いました。ルシンダは目を釣り上げ、

「だって、どれもこれも、みんなキルケのためにしていることなのに！」

と言いました。

「違う、ルシンダ、間違っちゃだめ！」

マーサとルビーが、声を合わせて反対しました。

「野獣王子のときだって、あたしたち、そう思いこんで失敗したじゃない！

キルケは、今もかんかんよ。」

「だから出ていって、連絡もしてこないんじゃない！」

ルシンダは怒りをおさえこむようにこぶしをにぎりしめ、言い返しました。

「アースラは、あたしたちに約束したのよ。キルケをさがすのを手伝うって！　それにもしアースラがトリトンを亡き者にしたら？　アースラはトリトン王国と自分の領土の両方を支配できるようになる。だからあたしたちは、アースラを選ぶべきな

の！」

「だけど、ルシンダ。マレフィセントは、まさにそのことを恐れているんじゃない？」

「そうよ。ひとりの魔女が、そこまで大きな力を独占していいと思う？」

マーサとルビーの言葉に、ルシンダはかっと目をむき、

「おだまり、ふたりとも！」

ガラスの水差しをつかむと壁に投げつけました。水差しは割れ、オレンジ色の粉が部屋中に飛び散ります。

「二度と〈マレフィセント〉と言わないで！」

マーサとルビーは息を飲み、次の瞬間、口々にルシンダを非難しだしました。

「何するのよ、ルシンダ！　貴重な〈怒りの粉〉を、むだに散らかして！」

「ああ、ルシンダ！　あんたって、何もかも、ぶち壊すのねえ！」

ルシンダは黒いぎょろ目でふたりをにらみつけ、言い返しました。

「じょうだんじゃない！　あたしは何もぶち壊してなんかいないわよ。そんなことより、ほら見て！　鏡にあの二匹が映ってる、さっきからずうっとね。」

マーサとルビーは、鏡をのぞきました。

鏡のなかでは、ふたごのうつぼフロットサムとジェットサムが、アリエルとエリック王子が乗っているボートの近くを泳いでいます。

「あ！　だめだめだめ！　キスをとめる呪文を！」

ルビーが金切り声を上げたとたん、ざぶんと大波が立ち、ボートはぐらり。

アリエルとエリック王子を引き離しました。

フロットサムとジェットサムが波間から顔を出して、にたりと笑います。

「ああ、ほっとした！」

マーサが小さな手で、小さな胸をなでおろすと、

「いいえ――まだ――油断はできないんじゃ……？」

ルビーがぼんやりと言いました。

「それ、どういう意味よ、ルビー！　はっきり言いなさい！」

ルシンダに問い詰められ、ルビーはおずおずと答えました。

「あたし、心配なのよお。あたしたち――アースラを本当に信用してもいいのかしら？　アースラの話が嘘だとしたら？　アースラは、トリトンからひどい仕打ちを受けたと言ったわよね。でもその証拠は？　それにフランツェがいない。アースラがこの館を訪ねてきた日から、ずっと姿が見えないじゃない！」

「気がつかなかった！　あたしとしたことが。フランツェ――フランツェ！」

ルシンダはあたりを見回しました。でも、ねこはどこにも見当たりません。

（フランツェは姿を消し、マレフィセントからは奇妙な警告状が届く。キルケはどこかに隠れて、連絡もしてこない。マーサもルビーも――ああ、いやだ、いやだ！）

ルシンダは、いらだちのあまり、またものを投げたくなりました。けれどもいちばん憤りを感じている相手は、ほかならぬ自分、軽々しくアースラを信じてしまったのは自分だと、わかっていたのです。

（落ち着くのよ。だいじな計画をつまらない疑いや不安でだいなしにはできない。）

ルシンダは〈怒りの粉〉を投げつけた壁の前まで歩いていき、ゆかに落ちている粉をかき集めました。割れたガラスの破片で指が切れ、指から血がどくどく出てきます。

ルシンダの赤い血はオレンジ色の粉末とまざって、てのひらをたちまち深紅に染めました。ルシンダの脳裏に、マレフィセントの警告が、また浮かびました。

〝アリエルの血が、おまえたちの指を汚すだろう。アースラに注意。〟

ルシンダは集めたオレンジ色の粉を暖炉に投げ捨て、

「とりあえず、トリトンとアースラが最後に話したときの映像を見てみましょうよ。」

と、マーサとルビーにむかって言いました。

「え？　そんな映像、ぴたりと出せるの？」

ルビーが言うなり、ルシンダが恐ろしい形相でにらみつけました。

「おだまり、ルビー！　呪文をかけるじゃまをしないで！」

ルビーは首をすくめ、のろのろと言いました。

「トリトンとアースラが最後に口を利いた場面を見せて、ルシンダ。」

ルシンダは両手からオレンジ色の粉の残りを払い落とし、暖炉の火にくべました。

するとたちまち、炎の魔法陣が現れました。

魔法陣のなかに、モーニングスター王国の浜辺とアースラの姿が浮かび上がります。

どうやらこれは、アースラが失恋の悲しみにたえかねて身投げをしたチューリップ姫を救った日のようです。アースラはずぶぬれのチューリップ姫に言い聞かせていました。

「さあ、かわいいお姫さま。あんなつまらない男にふられたからといって、もう二度と、がけから身を投げたりしないで。そして、もし別の男があんたと恋に落ち、彼が、あんたのその美しい姿形ではなく、ありのままのあんたを愛しているとわかったら、あんたに声を返してあげるわ。そのきれいな歌声を。」

チューリップ姫はアースラにむかって、弱々しくほほえんでみせました。鏡のむこうでは、ルシンダとマーサとルビーがふたりをくいいるようにみつめています。

「ふん、野獣王子に失恋したチューリップ姫は、お城のがけから身を投げ、おぼれ死ぬところだったのよね。それをこの日、アースラに救われた。でも――トリトンがいない。アースラとトリトンが最後に話し合ったのは、この日じゃないんだわ。」

ルシンダは真っ青になりました。

「ちょっと、ルシンダ！　呪文を間違ったんじゃない？」

ルビーが大声を上げ、

「悪いけど、それ――あんたの頭のなかに残っている場面が出てきたんじゃないの？」

マーサが、恐る恐る言いました。

「ちょっと、マーサ！」

ルシンダは眉を逆立て、マーサを指差すと、

「『悪いけど。』って、何!?　あんた、いったいいつから、そういう遠回しな言い方を

するようになったの！　頼むからふたりとも、おとなしく見てなさい！」

と、一気にわめきたてました。

魔法陣のなかでは、アースラが父の城へむかうチューリップ姫のうしろ姿を見ながらため息をつき、海のなかに消えました。

アースラは、海の底を目指して泳ぎながら、

「かわいそうな姫……。」

とつぶやきました。もちろん、チューリップ姫が美しい顔と声を奪われたことに同情したのではありません。それまで、自分の美貌がどれほど貴重なものかに気づきもせず生きてきた姫を、心から哀れに思ったのです。

「わたしもいろいろ、失ったけどね。なくして初めて、本当のたいせつさがわかるものがある。」

アースラは、重苦しい気分で海底を泳ぎ続けます。

やがて、すみかの洞窟が見えてくると、思わず目をむきました。

豪華な貝殻の馬車が、ドアの前に停まっています。

トリトンの馬車です。

「わたしの許しもなく、よくもずけずけと踏み込んできたわね！」

アースラの体内に、激しい怒りがわきあがりました。

トリトンはアースラに対してしばしば、こういうことをします。

しかも、それを王者の権利だと思いこんでいるのです。

（あいつはわたしを、姉とも思っていない。自分の都合で、トリトン王国へ連れていき――そして追放した！）

アースラは歯ぎしりし、巨大なこぶしで水を殴りつけました。

トリトン王国を追放されたアースラは、ここで暮らしはじめました。

王宮から遠く離れたさびしい場所で。

（あれから、どれほどの月日が経っただろう……。）

アースラはまた、ため息をつきました。

アースラとトリトンの両親は、姉と弟が幼いときから、いずれはともに仲良く国を治めてほしいと願っていました。そこでふたりが継ぐべき力を二等分し、アースラのぶんは金の巻き貝のネックレスに、トリトンのぶんは三叉の矛に収めて渡しました。

トリトンは、アースラにネックレスをはずさせ、王国から追放したのです。

ネックレスに収めた力は、アースラにしか使えません。

それでもトリトンは、ネックレスを自分の手元に置いて、アースラが力をふるうことを防ごうとしたのです。

金の巻き貝のネックレスのなかに込められた力は、アースラが亡き両親から正当に受け継いだもの。トリトンと王座を共有することも、アースラの正当な権利でした。

（いつまでも、トリトンの思いどおりにさせるものか！）

アースラはまず何より、両親から受け継いだ魔力を取りもどしたいと思っていました。そして三姉妹の力を借り、弟トリトンを王座から追い落とそうと決めていたのです。

鏡のむこうのルシンダとマーサとルビーは、炎の魔法陣のなかに現れたアースラの姿をみつめました。

「さあ、待っておいで！　独裁者。」

海の魔女アースラは、巨大な口をゆがめてつぶやき、洞窟のなかに入ろうとします。

そのとき、

「助けてくれー！　誰か助けてー！」

洞窟の裏から、助けを求める悲痛な声が聞こえてきました。

アースラの最初の餌食のひとり、人魚のハロルドの泣き声です。

アースラは、裏庭に回り込むと、魂を抜かれた哀れな人魚にほほえみかけました。

「こんにちは、ハロルド、わたしのペット。」

それから裏庭に吊り下げられた魂の抜け殻たちに背をむけ、洞窟に入りました。

「相変わらず忙しそうだな、アースラ。」

トリトンが、平気な顔で声をかけてきます。

「勝手にわたしの領域に入ってこないで！」

「おまえをもっと遠くまで追放してもよかったのだぞ、アースラ。聞けば、わが家臣のなかに、おまえのそのおぞましい顔を見に、ここへやってくる者がいるという。おまえはその者たちに邪悪な魔法をかけ、魂を抜いて吊るしているというではないか。」

（おぞましい顔？）

アースラは、弟に殴りかかりそうになるのをぐっとおさえて、言い返しました。

「あんたのおろかな美の規準にはずれた者たちが、ここまで助けを求めにくるんだよ！　たとえば、裏庭にいるハロルド。あんなにやさしく、愛すべき人魚はいないわ。ところが彼は、すてきな恋人をみつけることができなかった。あんたが決めたばかばかしい美の規準に合わなかったばっかりに、若い人魚のレディたちには、見向きもされなかったのよ。ハロルドがその後どうなったか、見てごらん！」

「アースラ！」

トリトンが大声を上げました。アースラはそれ以上の大声で応じました。

「よおく、お聞き、トリトン。わたしはね、あんたの家臣たちと、公正な取引をしたの。あんたの魔力じゃ、ここにいる魂の抜け殻たちを救うことはできない！　わかった？」

「わしを呼び捨てにするな！　おまえなど姉でもなんでもない！　この不潔な、殺し屋の、醜い怪物め。」

（……姉でもなんでもない？　呼び捨てにするな!?）

イプスウィッチの浜辺でトリトンと再会した日、アースラはこれで弟と新たないい関係が生まれたと思いました。ところが王国暮らしは、いやなことばかり。次第に、トリトンが自分を王国に連れ帰った理由も、明らかになってきました。

（こっちだって、あんなやつを弟と呼ぶものか。）

王国で暮らすあいだ、トリトンはいつでも、アースラを怪物扱いしてきました。弟としての愛など、ひとかけらも示さなかったのです。

アースラは、トリトンの要求どおり、真の姿を隠し、人魚の姿になりました。それでも美しい人魚の姿を通して、トリトンの——弟の——冷たい視線を痛いほど感じていたのです。

（あれは、わたしがイプスウィッチの村で見たのと、まったく同じ視線だった。）

アースラは声を上げて笑いました。

「ねえ〝王さま〟。以前のわたしはね、あんたの言葉にひどく傷ついたものよ。でも今は違う。あんたの言葉を聞くたびに、あんたへの憎悪がかきたてられるだけ。」

トリトンは三叉の矛をにぎりしめて言い返しました。

「アースラよ。おまえはあまりにもしばしば海の法律に違反した。さっさと陸に上がり、おまえのお気に入りの泣き虫娘と暮らすがよい。」

「泣き虫娘？　モーニングスター城のチューリップ姫のことを言ってるの？」

「ああ、そのとおり、おまえも海の法律を知っているはず。あの娘の父親の資産は、この海域で魚を獲ることで、ふくらみ続けているのだぞ！　おろかにも海に身を投げ、死にかけた、やつの娘を助けてやる義理はない。モーニングスター王の漁師たちは、毎日のように海に網を投げる。そして、わしのかわいい子ども同然の魚たちを危険におとしいれているのだ！」

「わたしはあんたの決めたルールに縛られる必要はないんだよ、王さま。モーニングスター王国の海にいる魚どもは、あんたの海域に住んでいるわけじゃないんだから。この領域はわたしのもの。わたしの領域には、わたしの法律がある。しかも、今やモーニングスター王の資産は、ほとんどからっぽ。チューリップ姫と野獣王子との婚約が破談になったからね。どう、うれしい？　モーニングスター王への罰は、そのくらいでじゅうぶんじゃないの？　父親が下した決断のために、娘が苦しみを味わう必要は、まったくないと思うけど。」

「そうかな。父親が下した決断のために苦しんできた娘なら、ほかにもいるようだ

が。」

「なんだって！　わたしのだいじな父のことを、二度と口にしないで！　あんたにそんな権利はない！」

「アースラよ、あいつは人間だ。おまえの実の父ではない。しかもやつは、運命に従い命を落としたのだ。あのおぞましい、殺し屋の人間どものひとりとして！　おまえも、おまえが憎む人間どもの同類だ、アースラ。おまえが破滅させた、イプスウィッチの人間どものな。」

「出ていけ！　あんたのいやらしい、ご機嫌とりの家来たちのもとへ帰れ！　あんたはここではなんの力もないんだよ、トリトン！　ここはあんたの領域ではない。あんたの力は、この場所にも、このわたしにも及ばないのさ！　わかったか！」

「わしには、おまえの力を最後の一滴までしぼり取る手段がある。おまえがまたしても人間に手を貸すつもりなら、迷わずその手段を実行するぞ。これがおまえへの最終警告だ、アースラ。海の闇にひそむ不潔な怪物よ。わかったか！」

「不潔な怪物？　それはあんたがでっちあげた、わたしの姿でしょ！」

「おまえは、いつもそうだった！　幼い子どものときから、いくら、きちんとしろと言われても、聞き入れなかった。」

アースラは目をむき、わが耳を疑いました。

「なんですって？　今、なんと言った？」

「聞こえなかったのか！　幼いころ、わしはいつでも、おまえをじつに醜い姉だと思っていた。だからあの日、海底に大波が起こったとき、おまえが波にさらわれるままにしたのだ。おまえがいつか怪物になることは、はっきりしていたからな！」

「じゃあ、わたしは迷子になったわけじゃないのね？　わたしはあんたに置き去りにされた！　弟に見捨てられた！　そうなのね？」

「ああ、そのとおり。わしは、それでよかったと思っている。自分のその姿を見てみるがいい。そのおぞましい、恥ずべき姿を。」

アースラは、ずっと以前、弟から王国を追放されたとき、どんな悪口を言われよ

うと、どんな非難をされようと、動じませんでした。

けれども海の王トリトンが、姉である自分に、ここまでひどいことをするとは、夢にも思わなかったのです。幼いトリトンは、幼い姉アースラが危険な大波に飲まれるのを助けようともしませんでした。できれば死んでほしいと願いながら――。

トリトンはさっさと王国に帰り、醜い姉の消息など忘れました。

（でも、お父さまとお母さまは、トリトンの話をどう受け取ったんだろう？）

けれども、それを問いただす勇気はありません。

両親が弟の計画を、ひそかに知っていたという可能性は？

（いや、それはないはず。あの愛情深いお父さまとお母さまがわたしを捨てたいと思うはずがない。きっとトリトンの口車に乗せられたに違いない。でも――。）

両親は、本当に疑わなかったのだろうかと、アースラは思いました。

（もしお父さまが本当にトリトンの言葉を信じていたなら、わたしが死んだか、王位を継ぐ価値がない存在だと証明できるまでは、トリトンに王位を継がせないと、言いのこすはずがないのでは……？）

それにしても、幼いトリトンは、どんな気持ちで姉を見捨てたのか？

そして両親は、トリトンの行動にひそかに気づいていたのでは？

あまりにも悲しく恐ろしく、下品とさえいえる想像でした。

とはいえ、アースラが、家族からすっかり忘れられていたのは事実です。

弟の心に、自分への愛が一片も残っていないことも事実でした。

しかもトリトンは、再会した姉を憎み、追放したのです。

（復讐だ！　憎い弟に、このわたしが、『不潔で醜い殺し屋の怪物』ができる、最大限の復讐をしてやる！）

アースラはそのとき、固く心に決めたのです。

9 盗まれた歌声

奇妙な三姉妹がアースラの過去を見て、大騒ぎしているころ。

「なんだ、なんだ、なんだ、このありさまは！」

アースラは、洞窟のなかで怒りに震えていました。

「あのまぬけな三姉妹め！　どうして、アリエルが王子とあんなに近づくまで、気づかなかったのさ。きょうは二日目。もうキス寸前だったじゃないか！」

望遠鏡がわりの泡の球めがけて、巨大な手をふり上げ、

「いや、だめだ。これがなくちゃ、あいつらの様子が監視できないよ。」

と言って、しぶしぶ手をおろすと、恐ろしい目つきで、泡の球のなかをのぞき込みま

した。

泡のなかには転覆したボートと、離れ離れになったアリエルとエリック王子が、それぞれ水中から助けだされる姿が映っています。

もしあのとき、フロットサムとジェットサムが、大波を立ててボートをゆさぶらなければ、ふたりは間違いなくキスしていたはず。

「よくやった、おまえたち。」

アースラは、いつのまにか帰ってきたフロットサムとジェットサムに呼びかけ、

「それにしても、あの小娘は、わたしの思った以上にしぶといよ。はやく手を打たないと、三日目になる前にキスされてしまう！」

と、荒々しい泳ぎ方で食器室に入ると、ずらりと並んだ魔法の器具をみつめました。

そして、

「では、アースラさまのご登場といこう。」

と言うと、タコの足のような触手で、一匹の蝶が入っているガラスの球を大なべに投

げ込みました。

「これでトリトンの末娘はわたしのものだ！　アリエルを破滅させ、トリトンをたっぷり苦しませてやる！　さあ、見ておいで。」

と、にやりと笑いました。

周囲の空気が黄金色に変わり、アースラを包みます。

アースラが人間に変身しはじめました。

すみれ色の大きな瞳と長い黒髪の美人、バネッサ。

（おお、おぞましい！　でも、これが最後なんだから。）

アースラは眉をひそめ、この美人の姿に変わりました。

バネッサの美貌とアリエルの声をもったアースラは、エリック王子の城の浜辺にむかいます。

（トリトンは死ぬ——もうすぐねえ。そうすれば当然、わたしが人魚の国の女王。そのときはぜったい、人魚の姿に自分を閉じ込めたりするものか！）

アースラは美しい眉を釣り上げ、次の瞬間、にんまりと笑いました。

(それにしても、あいつの末娘が人間の男に恋するとはね。なんとまあ、好都合なこと!)

もしアースラが、アリエルの魂まで奪うつもりでなければ、アリエルを喜んでエリック王子と結婚させてやったでしょう。かわいい末娘がいまわしい人間の姿になるのを見せつけられたトリトンは、悲嘆にくれ、生きる気さえ失うはず。復讐としては、じゅうぶんです。けれどもアースラは、それだけでは満足しませんでした。

(なんとしてもアリエルの魂を手に入れなければ!)

ある晩、エリック王子の船に近づいたアリエルは、王子に恋をしました。

すると突然嵐が起こり、船が転覆し——アリエルはおぼれかけた王子を救いました。

海の神々がアリエルに、王子を救い、浜辺まで引き上げる力をあたえたのです。

アースラは、フロットサムとジェットサムの報告を聞くと、大喜びしました。

「まるで海の神々が、わたしに味方してくれているようだ。なぜならね――。」

アースラがフロットサムとジェットサムに説明したとおり、エリック王子は自分を救ってくれた娘が気になってしかたなくなりました。でも、どんな姿の娘だったかは思いだせません。

はっきり覚えていることは、ただ一つ。トリトン王国の海底に引き込まれていく、悪夢のような瞬間に聞こえた、その娘の美しい歌声だけだったのです。

アースラがアリエルの声を奪ったのは、まさしくそれが理由でした。

王子がアリエルの声を聞けば、とたんに「あの娘だ！」と気づくでしょう。

そうなれば、キスは目の前。

アリエルの恋はたちまち成就し――。

（そうはさせるか！　あのまぬけな王子をわなにかけ、わたしのものにしてやる！）

バネッサに化けたアースラは目を釣り上げ、きれいな足で、砂をぎゅうぎゅう踏みつけました。

すると、どこからともなく美しい笛の音が聞こえてきたのです。

それは、フルートという人間の楽器がかなでるメロディーでした。

(よしよし、やつが出てくる。アリエルの声で歌って誘惑してやろう。)

バネッサに化けたアースラは、アリエルの声で、アリエルが王子の命を救った晩に歌ったメロディーを口ずさみます。

(あーあ! これじゃまるで、〝セイレン〟になったようだ。あの怪しげな歌で人間の男たちをおびき寄せては水中にひきこむ、海の怪物の〝セイレン〟にねえ。)

アースラは、げっそりしながら歌い続けました。

(さあ、出ておいで、まぬけ王子。おまえは、わたしのものになるんだよ。)

もしアースラがエリック王子と結婚し、トリトンを亡き者にすることができれば――。

アースラは海と陸を、同時に支配できるようになるのです。

（なんとすばらしい天の贈り物だろう！）

アースラはうっとりし、王子のことは必要なあいだだけ魅惑しておけばいい、そのあとはさっさとお払い箱にしようと決めました。

エリック王子はアースラが手に入れたアリエルの歌声にひかれて、浜辺に出てきました。アースラの魔術にかかった王子は、まるで魂を奪われたように、ぼうっとしています。

さすがのアースラも一瞬、少しやりすぎかなと思いました。王子を魅了するには、魔術など使わなくても、アリエルの歌声だけでじゅうぶんだからです。

あの美しい歌声を聞いた時点で、王子は自分の命を救ってくれたのが、アースラが化けたバネッサだと思ったことでしょう。

けれどもアースラは、アリエルの魂を手に入れるため、念には念を入れたかったのです。

魔術にかかった哀れな王子は、引きつけられるように、霧のなかをバネッサに化け

たアースラのほうにむかってきます。

(これはこれは！　近くで見ると頭がよさそうで、しかも——じつにハンサムじゃないかあ。)

アースラはため息をつきました。

(でも、こいつは真のわたしじゃなく、バネッサにひかれている。この人間の殻に！)

アースラは、自分を救い育ててくれた、人間の父にしか愛されたことがありません。

亡き養父は、娘がトリトンの言うような『不潔で醜い怪物』に変身しても、変わらぬ愛情で守り包んでくれました。

(でも、過去などどうでもいい。もうすぐ、陸と海が同時に、わたしのものになるんだよ！)

10 恋に破れたアリエル

エリック王子が結婚するという知らせは、あっというまに国中に広まりました。お城の前の浜辺は、人でいっぱい。誰もが、どこからともなく現れて王子の心を射止めた美人をひと目見ようと、わくわくしています。

ベッドのなかにいたアリエルは、カモメのスカットルから結婚の話を聞くと、花嫁はもちろん自分だと思いました。それから、この二日間のことを思いだしました。

一昨日、疲れきって浜辺に倒れているアリエルをみつけた王子は、

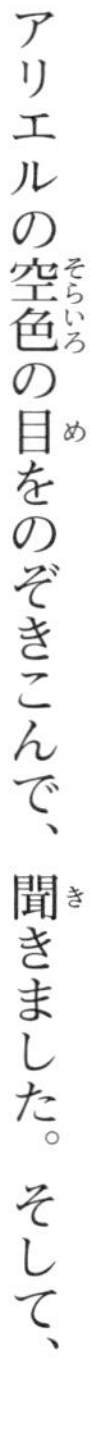

「きみ、どこかで会ったことない？」

アリエルの空色の目をのぞきこんで、聞きました。そして、

「ぼくはね、命の恩人の女の子をさがしているんだ。とてもきれいな声で、なんとなくきみに似ているんだけどな。――お名前は？」

と、たずねたのです。アリエルが困っていると、

「ごめん。口が利けないんだね。じゃあ違うなあ。ともかく、いっしょにおいで。」

王子はアリエルをお城に連れていき、美しいドレスに着替えさせ、すてきな夕食をごちそうしてくれました。翌日は馬車で町をまわり、入り江でボートに乗ったのです。

そして、キスを――真実の愛のキスをしようとしたとき、ボートがゆれて――。

ふたりは別々に海の上に投げだされてしまいました。

アリエルは、三日目の日没までにキスしてもらわなければと、あせっていました。

でも、真実の愛のキスが結婚式でのキスになるのです！

(ああ、待ってて！　エリック。)

カモメのスカットルからよいお知らせを聞いたアリエルは、急いでベッドから起き

上がりました。

けれども部屋から出ると、思いもよらない光景が目に入ったのです。

アリエルはぎょっとし、次の瞬間、泣きくずれそうになりました。

お城の大広間に、エリック王子と執事長、そして、見も知らない黒髪の美人が立っています。アリエルの耳に、執事長の声が聞こえてきました。

「王子、お許しください。王子は美しい声の娘に恋をしたとおっしゃいました。その娘は嵐の日に王子の命を救ってくれた恩人。ぜひ、その娘をさがしだして結婚したいと。わたくしが、『それは〝セイレン〟ですよ、海の怪物です。』と何度申し上げても、王子は納得なさいませんでした。ですが、どうやら、わたくしのほうが間違っていたようでございますね。まさしく天使のような声の、美しいご婦人が、ここに立っていらっしゃるのですから！」

それから、執事長は、

「バネッサさまでございますね。初めてお目にかかります。」

と言うと、アースラが化けたバネッサの手にキスし、お城の使用人に紹介しました。

「――なるべくはやく――結婚式を挙げたい。」

エリック王子は、ぼんやりと言いました。

「かしこまりました、王子。おおせのとおりに。しかし、結婚式ともなりますと、準備には時間がかかるものでございます。」

「いや、きょうだ―きょうの――日没に――式を挙げる。」

(きょうの日没ですって⁉)

アリエルは、目の前が真っ暗になるのを感じました。

耳の奥に、海の底で聞いたアースラの言葉が轟きわたります。

〝……あんたは、三日目の日没までに、エリック王子を恋に落とし、キスをさせる。普通のキスじゃだめだよ。真実の愛のキスをね。そしたら、あんたはめでたく人間になれる。もしだめなら――あんたは人魚にもどり、一生、わたしのものになるんだ。〟

あのときアリエルは、アースラのものになるとはどういうことか、考えもしません

でした。

「うけたまわりました、王子。お望みどおりにいたしましょう。」

執事長はそう言うと、結婚式の準備のために引き下がりました。

アリエルは真っ青になりました。

〝アリエル、おまえは、わが王国のルールを破って人間を救った！　冷酷な魚殺しの人間を！〟

アリエルの耳に、父の声が、まざまざとよみがえります。

（パパがあんなことを言ったから、わたしは失恋したのよ。そして日没にはアースラのものになる。そして最後は、魂をとられ、アースラの洞窟の裏庭に吊るされた、抜け殻の一つになるの。）

そうなったら父には、アリエルの消息さえわからないでしょう。

（パパ、姉さんたち、フランダー、セバスチャン！

わたしは、もう二度と、みんなに会えない。

わたしはパパに説明して、わかってもらおうとしたわ。でもパパは、耳を貸そうともしなかった！　エリックがおぼれ死のうが気にしなかった――人間だから。）

「人間など、皆同じだ！　いくじなしで、野蛮！　もりをふり回して魚を殺す、みさげた怪物どもだ。」

それが父の口ぐせでした。

アリエルが何か言おうとするたびに、父の怒りは激しくなっていきました。

そしてついに、嵐のような怒りを爆発させたのです。

悲嘆にくれたアリエルは、父と父が望む人生から逃げだすために、アースラのところへ逃げ込みました。それが自分の破滅につながるとも知らず……。

（わたしは海の底が大好きよ。パパも姉さんたちも、フランダーもセバスチャンも。でも陸の上にも興味があるの。だから海の上から落ちてくる人間の持ち物を、だいじに集めていた。そしてエリックに恋をしたの。でも人間界で暮らすって、どういうことか、よく考えてもみなかった……。）

その結果、アリエルの人生は、はじまる前に終わろうとしているのです。

アリエルは嘆き続けます。

（わたしはなんておろかだったの！　エリックが、わたしを好きになると思いこむなんて！　アースラと、あんな取引をするなんて！）

あの嵐の晩、おぼれかけたエリック王子を救ったとき、アリエルは王子の目を見て、自分に恋していると思いこみました。一昨日、浜辺で自分をみつけ、お城に連れていってくれたときも、いつかきっと思いだしてくれると信じていたのです。

（声を聞いたらすぐ、わたしだと気づいてくれただろうに！　ああ、なぜアースラに声を渡してしまったの！）

ボートの上でもアリエルは、王子がぜったいキスしてくれる――真実の愛のキスをしてくれると思っていました。

（あのとき、ふたりで乗っていたボートが、あんなにゆれなければ！　わたしたちが放りだされて、離れ離れにならなければ！　でも起こってしまったことはしかたな

い。）

アリエルは、この二日間のできごとを、細かい所まで何度も思い返しました。

そして、改めて思い知らされたのです。

（わたしはすべてを失った――たった三日のあいだに、何もかも。）

あの晩、アリエルが海の底からぐんぐん泳いで海の上に着くと、華やかな飾りをつけた船が見えました。楽しげな音楽につられて、船ばたによじのぼり、そっとのぞくと、おおぜいの人間が、にぎやかに歌ったり踊ったりしています。

その中心に、ひとりのすてきな人間の若者がいたのです。

みんなの会話から、アリエルには彼が、エリック王子だとわかりました。

アリエルが人間をこれほど近くで見たのは、生まれて初めてでした。

しかもエリックは、アリエルがそれまで見た若者のなかでいちばんハンサムだったのです。

（彼は毎日、どんな生活をしているのかしら？　こんなすてきな船で海の上を動き回

り、わたしが見たことがない景色をいっぱい見て――。夜がくれば、星空の下で踊るのね。

彼の家には、わたしがだいじに集めて洞穴にしまっていた、美しいものがいっぱいあるんでしょうね。）

アリエルは船ばたで、さらに想像を広げました。

（もしエリックの恋人になれたら、彼はきっと、わたしがまだ見たこともないような人間の宝物を、いっぱい見せてくれるはずよ。彼の恋人になれたら、きっと毎日がわくわくするような冒険よ。）

と。でも今、楽しい空想が悪夢と化したのです。

アリエルは、エリック王子と出会えたのは、海の神々のおかげだと思っていました。海の神々が大嵐を起こし、彼の船を転覆させた。彼を自分の目の前でおぼれさせ、自分に彼を助ける手段と力をあたえてくれたのだと。

（神さまは、そこまでしてくれたならなぜ、わたしたちを恋人どうしにしてくれなかったの！）

アリエルは、エリック王子のお城のすぐ目の前の桟橋で、小さなこぶしをにぎりしめました。

（わたし、エリックを運命の恋人だと信じていた。そうでなければ、あんな取引はしなかったわ。わたしに声があれば、エリックに何もかも説明できるのに！）

アリエルの心に、エリック王子を引き上げたときの夜の浜辺の風景が、まざまざとよみがえりました。あのときはまさか、彼がほかの娘を選ぶとは思いもしなかったのに……。

今のアリエルは、夕日が当たる波をみつめながら、困り果てていました。大声で助けを呼ぼうとしても、声はアースラに奪われています。そのとき、波止場のほうから、カモメのスカットルが、あわてふためいて飛んできました。

「アリエル！　アリエル！」

「キイキイ、キイイイイ！」

スカットルは、アリエルの頭の上で、大声で鳴くと、

「飛んでる、飛んでるぞお！　○△×○△×！！！　キイイキュウ！」

と、わけのわからないことを叫び立てます。

アリエルはふだん、スカットルと、海の生き物どうし、自由に話ができました。

ところが、こういうふうに、あわてていると、何を言っているのか、さっぱりわかりません。

アリエルは、スカットルが落ち着いて話してくれるのを待つことにしました。

するとやがて、スカットルは、

「魔女を見たんだ！　魔女をな！」

とわめきました。そして、

「その魔女は、鏡をのぞきこみ、笛の音にあわせてアリエルの声で歌っていた。言っていることがわかるかね？　あの王子は、アースラが化けた娘と、結婚しようとしているのだ！」

と告げたのです。

思いがけないメッセージ

朝日に輝く魔女の館に、一羽のフクロウが飛んできました。

「ちょっと、ちょっと、こんどは何？」

マーサが恐る恐る丸窓を開けました。灰色のフクロウはさっとキッチンのテーブルの上に舞い降り、小さな前足をつきだしました。

「ルビー、この子にビスケットをやって！」

ルシンダは叫ぶと、フクロウの足に結びつけられた紙をはずします。

「フランツェからよ！　モーニングスター城にきてって。すぐ行きましょ。」

ペンを取り上げると、急いで返事を書き、フクロウの細い足に手紙を結びつけまし

た。それから、ごほうびのビスケットをもう一枚やり、

「急いでこれを、フランツェに届けてちょうだいね。お願い。」

と頼みました。

フクロウは小さくホーホーと鳴くと、ビスケットをきれいに平らげ、キッチンの丸窓から霧のなかをモーニングスター城のほうへ飛び去ります。

「でも、アースラとの約束は？　ぐずぐずしていると、あたしたち、アースラがトリトンを殺すのを手伝えなくなる！」

「結婚式はきょうの日没よ！　アースラがアリエルの魂を手に入れたらすぐ、あたしたちが出ていって、アースラの魔術を完成させるって約束でしょ。」

マーサとルビーが口々に叫びます。

「安心して、ふたりとも。モーニングスター城はアースラの領域のすぐそばでしょ。」

ルシンダはマーサとルビーをみつめながらそう言うと、

「風よ、空気よ、そよ風よ！　われらをモーニングスター城へ運べ！」

と唱えました。

すると、魔女の館が動きだしたのです。

12 魔女たちのクリスマス

「夕暮れ時の空って――、」

「ほんとに――、」

「すてきよねえ！」

空飛ぶ館のなかで、奇妙な三姉妹はそれぞれ、満足そうにため息をつきました。

夕暮れ時は、三人のお気に入りの時間帯。

すべては順調と感じさせてくれる、一日でもまれなひとときなのです。

三姉妹が王族の城を訪ねるのは、本当に久しぶりのことでした。

いつぞや白雪姫の継母グリムヒルデに招かれたのを最後に、王家訪問はぷっつりや

めていました。

「あのときは、たしか、グリムヒルデに――、」

「ささやかな、おみやげを――、」

「置いてきてあげたの！」

「そうそう！　魔術の道具が――、」

「どっさり入ったトランクを――、」

「お城の地下室にねえ！」

「グリムヒルデったら、あれ以来――、」

「すっかり魔術に――、」

「はまっちゃって……！」

奇妙な三姉妹は、声をそろえて、いひひと笑うと、

「♪それが――破滅の――はじまりよー！」

テーブルから立ち上がり、輪になって踊りだしました。

空飛ぶ館は、冬の夕空を快適に進んでいきます。

いくつもの山を過ぎ、森を過ぎ、大きな湖を越えると、冬のばらが咲き乱れる、美しいお城が見えてきました。

「あーら、なつかしい！　野獣王子の城じゃないの。」

ルシンダが大声を上げます。

「ちょっと寄って――、」

「ベルと野獣に、呪いをかけてかない？」

マーサとルビーが顔を輝かせると、

「だめよ！　だめだめ！　キルケが、ますます怒る！」

ルシンダが、あわててとめました。

「キルケ、キルケ、ああ、キルケ〜！」

「キルケ、返事をしてよ、キルケ〜！」

マーサとルビーの叫び声に、ルシンダも加わって――。

奇妙な三姉妹はテーブルにつっぷし、わあわあ泣きわめきだしました。

ポットとティーカップはゆかに落ちて、粉々にくだけ散ります。

「でもさ、どうして王族はみんな、あたしたちを嫌うわけ？」

やがて、ルビーが顔を上げ、ぽつんとつぶやきました。

「〝敬遠する〟と言いなさいよ！　偉大な、あたしたちを。」

「〝恐れる〟でもいいわよ！　あたしたちの、偉大な力をねぇ。」

ルシンダとマーサが、こぶしでどかどかと、テーブルをたたきます。

丸窓の外、夕焼け雲のはるかむこうに、広い海岸線が現れました。

「よーし！」

「モーニングスター城まで――、」

「あと、もう少しよ！」

奇妙な三姉妹は、目をぎらぎら輝かせ、次の瞬間、

「それにしても、フランツェったら――、」

「いったい――、」

「何、考えていたんだろ？」

と、顔を見合わせました。

何しろフランツェは、ある日突然、魔女の館から姿を消し、なんの前ぶれもなく
今朝フクロウに、手紙をもたせてよこしたのです。

海底がアースラの領域である、モーニングスター城から！

「じゃ、もしかして――あのコ――、」

「ひとりで、キルケを――、」

「さがしにいった？」

三人は白くぬりたくった、小さな顔をみつめ合いました。

「で――もしやキルケの消息を――、」

「つかんだとか!?」

マーサとルビーが目を輝かせると、

「それは、どうかしら……。」

ルシンダは骸骨のような首をかしげます。

同じころ、フランツェは、モーニングスター城の大広間の窓から、じっと外をみつめていました。

「さあさあ、フランツェ。お茶にしましょうね。」

乳母のやさしい声が聞こえます。

クリスマスの飾り付けがすっかり整ったお城は、ふだん以上に明るく清潔で、あたたかく感じられます。フランツェは、暖炉の前に歩いていき、乳母が置いてくれたミルクを、しずかになめはじめました。

「あんたがここへきてから、もうどのくらいになるかしら？」

乳母は、一心にミルクをなめる、フランツェの丸い頭を見下ろして、続けました。

「ねえ、フランツェ。姫さまもあたしも、それはびっくりしたのよ。あの日突然、どこからか、ピンクのばらのつぼみが飾られた、かわいいバスケットが届いて。姫さまと開けてみたら――。なんと、まあ、あんたが出てきたんですから！」

フランツェは小さく、にゃあと鳴くと、ミルクをまたなめはじめました。

「あたしは一瞬、ぞっとしましたよ。てっきり、縁を切ったはずの野獣王子が、またチューリップ姫さまに何か言ってきたのかと思ってねえ。でも、よく考えたら、王子はベルと幸せな結婚をしたんだし。いったい誰が、あんたをここへ送りつけたのかしら――そう思ったとたん、あたしの頭にあんたの声が聞こえてきたんですよ！」

乳母はそう言うと、フランツェを、愛おしそうにみつめました。

「あんたは、自分の力でここまできたのねえ。自分でバスケットをつくり、ばらのつぼみを飾り、ここまで飛んできた。」

フランツェがミルクのお皿から顔を上げ、ごろごろとのどを鳴らしました。

「あんたは、ねこの魔女。そして、あたしにいろいろなことを思いださせてくれた――そう、あたしの過去と力を。」

乳母は、フランツェにミルクのおかわりをやり、ささやくように言いました。

「あたしは――魔女だった。それも、とても力の強い魔女だったのね――『伝説の魔女』と呼ばれるほどの。」

フランツェがまた小さく鳴き、乳母はフランツェの金色の瞳をみつめました。

「あんたから最初、そう教えてもらったときには、びっくりしたわ。とても信じられませんでしたよ。でもねえ、あんたといると、過去の記憶が少しずつ、もどってくる。そして魔力がどんどん強くなるのがわかるの。」

乳母は一息つくと続けました。

「あたしは位の高い妖精として生まれ――自分が魔女でもあることを知った。そして何度も何度も生まれ変わった。『伝説の魔女』と呼ばれるのはそのためなのね。でも何度目かに生まれ変わったときには、すっかり魔力を失っていて――なぜか、このお城の乳母になっていた。あたしは、このお城の人たちが大好きなのよ、王妃さまも王さまも。とくに乳母としておつかえしているチューリップ姫さまを、わが子や孫のように愛しているの。姫さまのためなら、なんでもするつもりでいるんです。それから――。」

（それから？　ああ！　まだ思いだしたことがあるのね。）

乳母の耳に、フランツェの声が聞こえてきました。

「ええ、あるわ。」

乳母はうなずくと続けました。

「子どもよ、フランツェ。あたしには、養女がひとりいたはず。全身緑色で、角がある、とても美しくて優秀で――ひとりぼっちの小さな妖精だった娘が。あたしはその子を家に連れていき、妖精の学校へ入れて――でも、うまくいかなかった。」

（その小さな妖精の名前は？）

フランツェがすかさず問いかけました。

乳母は息を飲みました。

「マレフィセント！　思いだしたわ。その子の名は――マレフィセント。

ルシンダ、マーサ、ルビーの三姉妹とも仲良しだった。三人の妹のキルケとも。そして成長して魔女となり、海の魔女アースラとつねに競い合うようになった。それから……。」

空飛ぶ館は、ぐんぐんモーニングスター城に近づいていきます。

「王宮の礼儀作法って――、」

「どうなっていたっけ？」

マーサとルビーが不安げにつぶやくと、

「いいの、そんなこと。あたしたちは〝魔女〟なんだから。」

ルシンダが、自信たっぷりに言い渡しました。そして、

「それより、あんたたち――感じない？　あたしたちの、同類の存在を！」

と言いながら、黒いぎょろ目で、ふたりをみつめます。

「近くに、ほかの魔女がいるってこと？」

「それは——アースラってこと？」

マーサとルビーがそっと聞くと、ルシンダは首を横にふりました。

「違うわね。アースラとはまったく別の誰かよ。」

「じゃ、もしかして——マレフィセント⁉」

マーサとルビーは声を合わせて叫び、すばやくあたりを見回しました。

寒空のどこにも、カラスは見つかりません。

（マレフィセントじゃないわ。別の魔女。）

三人の頭のなかに、フランツェの声が聞こえてきました。

三人は思わず丸窓にかけよります。魔女の館がなめらかに降下をはじめています。

お城の玄関に、前足をきちんとそろえた、フランツェの姿が見えました。

その横には、きれいな銀髪の小柄でやさしげな老婦人がひとり、立っています。

「フランツェ！　フランツェ！　元気だったあ？」

奇妙な三姉妹はそれぞれ、大きく両腕をふり、

「別の魔女って、誰よぉ！」

と、丸窓に顔をつけて叫びました。

（こちらが『伝説の魔女』。）

「だって、フランツェ！」

「その婆さんは――、」

「チューリップ姫の乳母じゃないの！」

（ええ、そうよ。くわしいことは、あとからね。）

フランツェは、三人にむかって、大きな目をしばたたかせました。

その間に魔女の館は断崖の上に降り、まるで百年前からそこにあるような顔で止まりました。

三姉妹は館から出ると、ちょこまかと、お城の玄関まで歩きだします。そして、お城の玄関に着くと、

「皆さま、よくおいでくださいました。こちらへどうぞ。」

『伝説の魔女』ことチューリップ姫の乳母が、にこやかに三人を迎え入れました。

お城のなかは明るくあたたかく、シャンデリアのむこうには、かわいい飾りがたくさんついた、大きなクリスマスツリー。天井からは赤いリボンで結ばれたヤドリギが下がっています。

「クリスマスだものねえ！」

「この飾り付け、あんたがぜんぶやったんでしょ？」

「白雪姫の継母だって、ここまではできなかったはずよ。」

三人は口々に言いながら、乳母についてお城の豪華な居間に入りました。

「あいにく本日は国王も王妃も出ておりまして、ごあいさつができません。チューリップ姫は、だいじなお客さまをおもてなし中でございます。皆さんをお招きしたのは、このあたし。じつは、皆さんにご相談したいことがあるのです。」

乳母は、三人を代わる代わるみつめると言いました。とたんに、

「相談って、何よ？」

ルシンダが言い、三人は身構えるように乳母をにらみつけました。

「それより――、」

「あんたってほんとに――、」

『伝説の魔女』なわけ？」

ルシンダ、マーサ、ルビーが、いっせいに乳母を指差しました。

「あのぉ……。」

遠慮がちな声がして、チューリップ姫が居間の入り口から、顔を出しました。

「まあ、まあ！　姫さま。ご用事でしたら、すぐお部屋に伺いますのに。」

乳母があわてて言い、フランツェがにゃあと低く鳴きました。

「やだぁ！　『伝説の魔女』が、姫に隠しごと？」

三姉妹はきゃあきゃあ笑いながら、踊りだします。

チューリップ姫は、美しい目を見開き、

「お願い、ねこを踏みつぶさないで！　わたくしのねこを！」

あわてて、叫びました。

三姉妹はこおりつき、次の瞬間、目を釣り上げました。

「『わたくしのねこ』だって⁉」

「このフランツェはねえ――、」

「『うちのねこ』よ！　図々しい！」

三姉妹はそろって、チューリップ姫につめよります。

「いいえ、フランツェは、わたくしのねこです。お間違えにならないで！」

姫が激しく言い返すと、乳母が前に出て、三姉妹をにらみつけました。

「姫さまに指一本でも触れたら、あたしが許しません！　あんたたちは、姫さまと野獣王子との縁談を壊し、絶望の淵に追いやるようなまねをして、それでも足りないのですか！」

チューリップ姫は息を飲みました。子どものころからいっしょにいる乳母が、ここまで激しく怒るのを見たのは、初めてなのです。

「この人が、あの野獣となんの関係があるの？　この人たちは——どなた？」

チューリップ姫は三姉妹から乳母に視線を移し、恐る恐る聞きました。

乳母はチューリップ姫の腕に手を置き、

「この三人は、キルケの姉。キルケをさがすのを手伝いにきたのでございます。」

と言いました。

「この人たちが、キルケのお姉さん？」

チューリップ姫は奇妙な三姉妹をまじまじとみつめました。小さくて、細くて、真っ白にぬりたくった顔、黒いぎょろ目、血のように赤いくちびる。骸骨のような指に、大きすぎる指輪をいくつもじゃらじゃらつけて——。

「これがあの美しく若々しいキルケのお姉さんたち!?」

「言葉には気をつけるのね、お姫さん——、」

「さもないと、あんたの体から、魂を引っこ抜いてやるよ！」

マーサとルビーがわめきたてました。すると、ルシンダが、

「待ってよ！　ほら、チューリップ姫は一時期、野獣王子の城にいたでしょ！　そのとき、フランツェと仲良くなったんじゃないの？　ね、お姫さん。」

チューリップ姫はうなずくと、ルシンダはにっこり笑いました。

「じゃ、フランツェの件は、これでめでたし、めでたし。」

「そして、『伝説の魔女』は――、」

「自分に魔力があることを、思いだした！　めでたし！」

マーサとルビーが続けました。チューリップ姫は美しい目をしばたたかせました。

「『伝説の魔女』ですって？　それは誰のこと？」

「ちょっと！　知らなかったの、お姫さん――、」

「伝説の魔女は、あんたの乳母！」

「あんたの乳母は魔女なの。あたしたちの同類。」

奇妙な三姉妹は、声を合わせて、けたけた笑いだしました。

チューリップ姫は思わず、あとずさりすると、

「わたくしの乳母が――あなたたちの――なんですって？」

恐る恐る、三姉妹にたずねます。

乳母はあわてました。チューリップ姫にはまだ、いっさい何も話していないのです。

フランツェがねこの魔女だということも、自分が魔女だということも。

なぜ最近、過去の記憶と魔力を取りもどしたかも……。

今、すべてを打ち明けるひまはありません。そこで、

「あらあら、姫さま。もうお休みになる時間でございますよ。」

思いだしたように言うと、姫の目をじっとみつめました。

チューリップ姫はまるで、催眠術にかかったように、

「そうねえ――では失礼して――お休みなさい。」

乳母にキスすると、ふらふらと自室へもどっていきました。

「ふふん、どうやらあんたは、若い娘を眠らせる術を思いだしたようねえ。」

ルシンダが声をたてて笑い、マーサとルビーが続いて大笑いしました。

三姉妹の邪悪な笑い声はふくれにふくれ、お城の居間を満たしました。

(みんな、やめて！　きれいなお部屋が火事になっちゃうわ。)

フランツェは三姉妹の心に呼びかけ、天井を見上げました。シャンデリアがぐらぐらゆれ、火のついたろうそくが、今にもふれ合いそうです。

「皆さん、展望室に参りましょう。ここよりしずかにお話しできます。」

乳母は三姉妹にむかって言い、執事長を呼ぶと、てきぱき命令しました。

「姫さまは、とてもお疲れです。小間使いに、お部屋に伺って、ご様子を確かめるよう伝えてください。そして、あたしたちのために展望室にお茶のしたくをと。」

「かしこまりました。」

執事長が急いで引き下がると、

「では、どうぞこちらへ。」

奇妙な三姉妹をうながし、すばらしい壁画が描かれた長い廊下を通って展望室にの

ぼりました。やがて、おいしそうなお茶のセットが運ばれてきました。ピンクの粉砂糖をかけたプチケーキ、焼き立てほやほやのスコーン、かわいいチェリーとウォールナッツのケーキもあります。

ルビーはお菓子を選ぶふりをしながら、黒と銀のティーカップ一客をしっかりポーチにしまいこみ、素知らぬ顔で、

「なんてすてきな、クリスマスのお茶！　おもてなしありがとう。」

と言いました。

ガラス張りの展望室からは、お城の前の灯台と夕方の大海原が見渡せます。

けれども、三姉妹には、美しい風景もろくろく目に入りません。

日没はもうすぐ。ルシンダもマーサもルビーも、自分たちがこれからアースラの悪だくみの片棒をかつぐのだと思うと、いてもたってもいられない気分です。

「落ち着いて。事情はわかっています。だから場所を移したんですよ、ここへ。」

乳母は、三人の顔を代わる代わるのぞきこむと言いました。

奇妙な三姉妹は、ぎょっとして飛び上がりました。

「じゃ、マレフィセントはあんたのところにも、警告状を送ってきたわけ？」

マーサが問い詰めました。乳母は首を横にふりました。

「この騒ぎに、マレフィセントが関わっているとは思えませんね。」

「本当に？　あんた、何か、隠しているんじゃやない？　マレフィセントはあんたの養女だったんだから。あんたはいつも、あの子をかばってた。妖精学校の試験の日、あの子が腹立ち紛れに、妖精の国をめちゃめちゃにしてからもねえ。」

ルシンダの言葉に、乳母はため息をつき、

「でも、ルシンダ。マレフィセントは、あんたたちの友だちじゃやなかったの？」

とたずねました。

「ええ、そうよ。」

ルシンダはうなずいて、続けました。

「でもキルケをさがす計画には、首をつっこんでほしくないのよ！」

「あたしたち、マレフィセントには今まで、何度もじゃまされて――、」

「そうよ、そうよ！　迷惑かけられれっぱなしなんだから！」

調子に乗って言いつのる、マーサとルビーに、乳母はぴしりと言い返しました。

「あんたたちは、マレフィセントの悪行を話すために、ここへきたんじゃないでしょ！　あんたたちが受け取ったのは、どんな警告状だったの？　教えてくださいな。」

ルシンダは首を横にふり、

「いいえ、その話はしたくない。」

乳母を上目づかいに見ると、続けました。

「それより、あんた、いつ、自分が『伝説の魔女』だと思いだしたの？」

乳母は奇妙な三姉妹を、しずかなやさしい目で見ると言いました。

「ごく最近。フランツェがここへやってきてからですよ。あんたたちのことも思いだしました。あんたたちが――アースラと組んでやろうとしているたくらみごともね。」

「フランツェ！　よくもまあ、勝手に家を出ていって！」

ルシンダが、フランツェをじろりとにらみつけ、

「よくもまあ──、」

「あたしたちの秘密をばらしてくれたわね！　裏切りねこ！」

マーサとルビーが続けます。

「フランツェは、あんたたちの味方です。あたしはね、あんたたちがキルケをさがしているのを知って、ここへくるよう、フランツェに手紙を書いてもらったの。」

乳母は声をたてて笑いました。とたんに、

「ルシンダ、あんたなぜ、フランツェを『伝説の魔女』になんか近づけたのよ⁉」

「野獣王子の城に送ったりしてさ！」

マーサとルビーが、ルシンダを責め立てました。

「知らなかったのよ。チューリップ姫の乳母が『伝説の魔女』だったなんてねえ！『伝説の魔女』はとっくの昔に死んだはずじゃなかったの？」

ルシンダは言い返します。フランツェは、巨大なクリスマスツリーの前にじっと座ったまま、必死で反省していました。

（わたし、フクロウに頼んで、ルシンダとマーサとルビーにメッセージを届けてもらったわ。でもどうやら、言葉が足りなかったみたい……。）

奇妙な三姉妹は、すばやくフランツェの心を読み、

「そうよ！　フランツェ――、」

「あれじゃや、わからない！」

「ぜーんぜん、わからない。」

口々にフランツェを非難すると、

「キルケを見せろ！　キルケを見せろ！　あたしたちの妹を！」

と叫びだしました。

展望室の天井のガラスが、がたがた鳴り、今にもくだけ落ちそうです。

けれども、奇妙な三姉妹は、そんなことは気にもせず、

「キルケを見せろ！　キルケ、キルケ、キルケ！」

と泣きわめきます。

「落ち着いて！　頭の上からガラスのかけらが降ってきますよ。」

乳母の声にも耳を貸さず、三姉妹は黒髪を引きむしりながら、泣きわめきます。黒い巻き毛の房がゆかに飛び散り、白ぬりのメーキャップは涙でぐしゃぐしゃです。

「キルケを見せろ！　あたしたちの妹を見せろ！　そうだ、鏡だ！」

マーサが叫びました。

ルシンダはルビーのポーチをひったくり、魔法の手鏡を取りだしました。

「むだよ、ルシンダ。あたしたち、あの子を鏡に呼びだそうとしたわよね！　でもぜんぜん、うまくいかなかったじゃないのよぉ！」

ルビーはわめきましたが、ルシンダは耳を貸しません。

「キルケを見せろ！」

ルシンダは、自分の恐ろしい顔が映る鏡をにらみつけました。

すると乳母が、ルシンダの震える手から鏡をそっと取り上げ、

「さあ、鏡よ、あたしたちに、キルケを見せておくれ。」

と、やさしく唱えました。

次の瞬間、見たこともないような、ぶきみな生き物が、鏡に映りました。

おぞましい緑灰色の体に、黒い穴のような目。

「ぼんくら鏡！　あたしたちのだいじな妹を見せろ！」

「キルケは、そんな、化け物じゃない！」

「見せろ！　鏡！　キルケを、見せろ。」

「見せろ、見せろ、キルケを！」

「はやく見せろ、キルケを！」

「すぐ見せろ、キルケを！」

三人は今にも鏡に殴りかかりそうな勢いで叫びます。

「しずかになさい、三人とも。」

乳母がおだやかに言いました。

「これがキルケ。あんたたちの妹。」

13 裏切り者

奇妙な三姉妹は、あっけにとられて魔法の手鏡をのぞきこみました。

「これがキルケ!?　こんなのが、キルケ？」

「うそよ！」

「ひどい！　ひどいじゃない。」

ルシンダが鏡を放りだし、ゆかにつっぷして、わあわあ泣きだします。

マーサとルビーも続いてゆかにつっぷし、足をばたばたさせて泣きだしました。

涙が少し収まると、

「でもなぜ乳母は、キルケを呼びだせたわけ？」

「あたしたちじゃ、ぜったいだめだったのに――、」

「やっぱり乳母って、『伝説の魔女』だったのね！」

三人は、ゆかに転がったまま、ひそひそと話しはじめます。

「ほら起きて！　いすにかけて、あたしの話をお聞きなさい。」

『伝説の魔女』こと乳母の声に、三人はあわてて飛び起き、いすにもどりました。

「そう、それでよろしい。」

乳母は三人を見渡すと、しずかに口を切りました。

「さっきから言ってるでしょ。そもそも、フランツェに、あんたたちにメッセージを送ってと頼んだのは、このあたしなんです。」

「なんでよ？」

ルシンダとマーサとルビーは声をそろえて聞きました。

「それはね、アースラがあんたたちを裏切ろうとしているのを知ったから。」

乳母は、重々しく告げました。

「裏切る？　アースラが――あたしたちを――裏切る⁉」

奇妙な三姉妹はまたもや声をそろえて、叫びました。

「ええ、そうですよ。」

乳母はうなずくと、確かめるように聞きました。

「アースラは、あんたたちと約束をしたんでしょ？　あんたたちが、トリトンを殺す計画を手伝えば、キルケを〝返して〟あげると。」

「違うわよ。そんな約束、していない！」

ルシンダが叫び、三人はそろって首を横にふりました。

「アースラは、キルケをさがすのを、手伝ってくれると言ったの。」

「『あの子を返してあげる。』って⁉」

「それ、いったい、どういう意味⁉」

乳母は口に手を当てました。

「まあ、なんてこと！　あんたがたは、とっくに知っていると思っていたのに。」

「何を？　何を、あたしたちが、知っているっていうの！」

ルシンダが金切り声を上げました。乳母はしずかに言いました。

「キルケがアースラにつかまっている、ということですよ。もちろん。」

「キルケが、アースラにつかまっている⁉」

三人は、やせ細った手で乳母につかみかかろうとしました。

けれども乳母は少しもあわてず、

「ええ、そうですよ。あんな姿にしてね。」

と、三人の顔を交互にみつめ、

「だから、あんたたちは、キルケを返してもらうために、むりやりアースラの片棒をかつがされていたと――あたしは思っていたんです。」

と結びました。

「違う、違う、違う！」

奇妙な三姉妹は、ゆかをどすどす踏みならし、口々にわめきたてました。

「あたしたちは、アースラに助けを求めたのよ。」

「あたしたちは、アースラに——、」

「トリトン王を殺す手伝いをすると約束した！」

「アースラは、約束したの。」

「キルケをさがしてあげるって。」

「なのに、あいつは、キルケを人質にしたなんて。」

乳母は、重いため息をつきました。

「なるほど。事情はわかりました。で、あんたたちはアリエルを破滅させ、トリトンを殺すことに同意したのね——自分たちの欲望のために。」

「自分たちの欲望のためなんかじゃない！」

「すべては、キルケのためなのよお！」

マーサとルビーが大声でわめきたて、ルシンダが説明しました。

「アースラはね、あたしたちに身の上話をしたの。そりゃあもう悲惨な話で。あたしたちすっかり同情しちゃって――。」

マーサとルビーは大きくうなずき、

「アースラの憎しみに、あたしたちの憎しみを加えて、力に換えて――、」

「いっしょに、トリトンを殺すことにしたの！」

と、わめきました。

「そのお返しに、アースラは――、」

「いっしょにキルケをさがしてあげるって約束したのよ！」

「そんな、だいじな約束、破っていいわけ⁉」

三姉妹は口々に言いつのります。

ルシンダが怒りに目を釣り上げ、髪をふり乱して、呪文を唱えだしました。

「われらが憎しみよ、アースラの上にふりかかれ。

われらを裏切りし、海の魔女の上に！

われらの呪いは、千の苦悩となりて、アースラを傷つける。

その身を刻み、心と呼べるものあらば、その心を引きちぎり、
アースラを永遠に苛むであろう！

オパグノ・アースーラー！」

乳母は、やれやれとつぶやくと、いすに座り直しました。

マーサとルビーは、テーブルにかじりつき、足をばたばたさせています。

ふたりとも、アースラの裏切りに驚き、ルシンダといっしょに呪う気力もないのです。

アースラが弟のトリトンについて訴えたことに、嘘はありませんでした。

三姉妹は炎の魔法陣のなかで、トリトンが姉アースラを裏切り、両親をも裏切った証拠を見たのです。

「トリトンは死んで当然よ！　でもなぜ、アースラはあたしたちを裏切ったの？」

ルシンダがわめくと、マーサとルビーが続けます。

「あたしたちをだます必要なんかないのに――、」

「友だちなんだから！」

やがて、ルシンダは少し考えてから、言いました。

「ひょっとして、アースラは、あたしたちが断ると思ったとか⁉」

「あたしたち、喜んで協力したのに。」

マーサが答え、ルビーが言いました。

「でもあの人、疑り深いから。」

ルシンダは大きくうなずくと、

「もし万一、断られたときのために、あたしたちのかわいい妹をだしに使った。」

ゆかに放りだされていた手鏡を拾い上げて、どなりつけました。

「アースラはどこ！　海の魔女を見せろ！」

鏡のなかに、バネッサに化けた、アースラの姿が現れました。

ウェディングドレス姿で王子と船のデッキの上に、並んで立っています。

「エリック王子、あなたはこのバネッサを妻として生涯愛することを誓いますか？」

牧師がたずねます。王子がぼんやりした声で、

「――はい。」

と言おうとしたとき、空から鳥の大群が舞い降り、バネッサに襲いかかりました。

なれない足で泳ぎに泳いだアリエルが、船によじのぼってきます。

カモメのスカットルが、バネッサの首から、金の巻き貝のネックレスを引っぱってはずしました。ネックレスはデッキのゆかに落ち、巻き貝が粉々になりました。とたんに、

「あ、声が出た！」

鏡のむこうの魔女たちに、アリエルが大喜びで叫ぶのが聞こえました。

「エリック！　わたしよ、わたし！　アリエルよ。覚えてる？」

その声に、エリック王子が目を輝かせました。

「アリエル？　アリエル！　きみこそ、ぼくの愛する人、ぼくの命の恩人だ。」

ふたりがキスしようとしたとき、あたりがすっと暗くなりました。

日没です。

アリエルの足が、一瞬で尾びれに変わりました。

「ふふふ、お気の毒にねえ、アリエル。時間切れだよ。」

バネッサの美しい顔がゆがみ、海の魔女が、ぶきみな笑いとともに、正体を現しました。その指先で稲妻がさくれつし、夜空いっぱいに広がります。

海の魔女アースラは、アリエルを助けようとする王子をつきとばし、デッキに八本の触手を這わせ、

「さあ、おいで。おまえは今から、わたしのものだ。」

アリエルを片手で抱えると、海のなかへと消えていきました。

「ああ、アースラが勝っちゃう！」

「もう、キルケは取りもどせない……。」

マーサとルビーが顔をおおうと、

「だいじょうぶ！　まだ間に合う！」

ルシンダは急いで展望室の扉にかけより、乳母を外へ出すと、魔力で扉を封じ、部屋のまんなかに立ちました。天井からは、赤いリボンをつけたヤドリギが下がり、シャンデリアのむこうにはクリスマスツリー。星がきらめく夜空に、次々と花火が上がって、ドームの上に降り注ぎます。

明かりをともした船が続々とモーニングスター城に近づいてきました。

こよい、クリスマスの晩、お城の灯台に感謝をささげにやってきた船たちです。

三姉妹だけになった展望室で、ルシンダは新たな呪文を唱えました。

「海の魔女よ、血にまみれて絶命せよ。われらが妹に自由を。パーティステンポラス！」

やがてルビーのもつ手鏡に、アースラとトリトンが現れました。

奇妙な三姉妹は、息をつめて成り行きを見守ります。

アースラは得意満面。

（勝った！　わたしはトリトンに勝った。魂を抜かれた娘を見たら、あいつは真っ青になるだろうねえ。ああ、いい気味。)

にんまり笑うと、アリエルを抱えて洞窟にむかいます。

(トリトンよ、せいぜい苦しむがいい。わたしの父が死ぬ間際に味わったのと同じ苦しみを味わうのさ。『人間は魚殺しだ。もりで突かれるのも当然の報いだ。』と、おまえは言った。その苦しみを今、味わうがいい!)

アリエルは、父がうしろからついてくるのを感じていました。

愛する父が、なんとかアースラの手から自分を救おうと追ってくるのを。

「パパ、ごめんなさい。こんなことになるなんて、わたし、夢にも思わなかった。」

アースラの腕のなかで、アリエルは泣き叫びます。

トリトンの怒りはふくれあがり、ついに爆発しました。

「待て! アースラ。」

三叉の矛を、アースラにつきつけると、

「契約書を返せ! アリエルを人間にする契約書を、今すぐ出すのだ。」

と命じました。アースラも負けてはいません。

「あーら、残念。これは海の法律で認められた契約書よ。誰にも無効にはできないわ。」

ぴしりと言うと、トリトンを見くだすように笑って、続けました。

「わたしはいつだって、掘り出し物をみつけるのが、じょうずでねえ。偉大なるトリトン王の娘はたいへんな貴重品だよ。ついでに言えば、哀れでおろかな三姉妹の妹は、それ以上の価値があるよ。」

奇妙な三姉妹の怒りが、モーニングスター城の展望室を、有害な煙のように満たしていました。三人は前からトリトンが大嫌いでしたが、今はそれ以上に、アースラが憎くてたまりません。

「あの女！　あたしたちのだいじな妹を人質にして！」

ルシンダが小さなこぶしをかためると、

「あたしたちを図々しくも裏切って！」

「キルケを解放しようなんて気は、これっぽっちもなかったのよ！」

ルビーとマーサが、じだんだを踏んで、わめきだします。すると、

「ふたりとも落ち着いて。」

ルシンダが、骸骨のような指をくちびるに当てて言いました。

「アースラに聞かれたらまずいわ。あの女には、何も知らないふりで押し通すのよ。」

マーサとルビーはうなずきました。

「あんたの言うとおり――、」

「マレフィセントの警告は、正しかったわけね。」

「さあ、アースラをやっつけよう！」

ルシンダが叫び、三姉妹は、アースラを呪う歌を歌いはじめました。

ぶきみな歌声は、しだいに大きく激しくなります。

三人は、激しく体をゆすり、声をふりしぼって歌い続けました。

「海の魔女をめったぎり！　血まみれにして、殺してやるぞ！　殺せ、殺せ！　アー

スラをやっつけろ。」

ぶきみな歌声はどんどん大きくなります。

三人は激しく体をゆすり、声をふりしぼって歌い続けました。

魔法の鏡にアースラとトリトンの姿が、ふたたび現れました。

「そう、そんなに娘がかわいいわけ。だったら……。」

三叉の矛を手にもつトリトンにむかって、アースラが言いました。

「あんたの魂と三叉の矛となら引き換えにしてもいいわよ。」

アースラの復讐がはじまったのです。

トリトンは心のどこかで、それも当然だと思っていました。

(わしは人間を一方的に嫌い、娘が人間に恋をしたというだけで激怒し、愛する末娘を失おうとしている。実の姉を裏切り、長年、つらくさびしい思いをさせた。わしの魂と王座を差し出すことでアースラの気がすむなら、そうしよう。少なくとも娘は救われるのだ。)

トリトンの耳に、アースラの言葉が響きわたります。

「あんたはわたしを不潔な怪物にしたてあげたね！」

アースラはわめきました。トリトンには返す言葉もありませんでした。

トリトンはたしかに、自分の好みに合わない姉を、怪物にしたてたのです。

今さら後悔しても、もう遅いとトリトンは思いました。

（だが少なくとも、アリエルの命は救える。愛する娘の命だけは。）

トリトンは覚悟を決めました。


鏡のむこうでは、奇妙な三姉妹がひたいを集めて相談していました。

三姉妹は、それまでずっとアースラを、友だちだと思ってきました。

だからこそ、トリトンを亡き者にする計画にも加担したのです。

「あたしたち、どんな手伝いでもするつもりだった！」

「それを、こんなふうに裏切るなんて！」

「アースラは変わったわね。」

「まるで別人よ。」

「友だちなんか、どうでもいいんだわ。」

「あいつが望むのは、復讐と権力。それだけよ。」

幼いころ、弟に裏切られ、家族から見捨てられたアースラは、長年くやしい思いに耐えてきました。哀れなアースラの恨みと憎しみは日々つのっていきました。

アースラは復讐の鬼と化し、いつか弟を殺して権力を奪い、海底を思いどおりに支配してやると心に決めたのです。

奇妙な三姉妹は震え上がりました。

「アースラの心も、見た目と同じ怪物よ。」

「復讐と権力に目がくらんだ、醜い怪物。」

「そんな者に海底を支配されたら、どうなる?」

しかもアースラは今、陸の世界にまで手を伸ばそうとしているのです。

「マレフィセントの警告状は、そういうことだったのね。」

ルシンダがつぶやくと、マーサとルビーが深くうなずきました。

鏡のなかでは、三叉の矛を手にしたアースラの巨体が、沖合の海面にぬっと現れ、どんどんふくれ上がっていきます。海の魔女アースラは、三叉の矛で海をシチュー鍋を混ぜるようにかき回しながら、大きな渦巻きを作りだし、はるか昔、海底に沈んだ船を次々と浮き上がらせ、

「海の支配者は、このわたしだ！」

と叫びました。とたんに大波が立ち、沈没船が生き物のように、アースラの周囲を回りはじめます。

「はっはっは、ひいっひひい！」

海の魔女は恐ろしい笑い声をたて、海を荒らし続けます。

エリック王子は、木の葉のようにゆれ動く船のなかで、懸命に舵をとっていました。

渦巻きの中心には、アリエルが力なく倒れています。

愛するエリック王子が戦う姿を、ぼんやりとみつめながら……。

アースラは、トリトンから奪った三叉の矛をにぎりしめ、アリエルに狙いをつけました。

「真実の愛なんか、くたばるがいい！」

「だめ、だめ、だめよ、アースラ！」

鏡のむこうでは、三姉妹が抱き合って大声で悲鳴を上げました。

矛から放たれた稲妻を、間一髪でかわしたアリエル。

「くそ！　逃げられた！」

鏡のむこうから、アースラの、のこぎりをひくような歯ぎしりが聞こえてきます。

「がんばれ、アリエル！」

マーサとルビーは思わず叫び、

「アースラは完全にいかれてる……。」

ルシンダは悲しげにつぶやき、マーサとルビーをみつめると、

「こうなったら、アースラは、あたしたちで、始末するしかないわ。」

と、しずかに言いました。

「始末するって――アースラを、殺すってこと？」

「友だちを殺すの!?　いやよ、だめ。」

マーサとルビーが真っ青になって反対しました。

「じゃあ、ほかに案はある？」

ルシンダに問い詰められたふたりは、

「あたしたちが、三叉の矛をアースラから取り上げるの！」

「そうよ！　そうすれば、きっとアースラは、正気にもどるはず！」

矢つぎばやに言いました。ルシンダは首を横にふりました。

「考えてごらん。アースラは、金の巻き貝のネックレスを失ったのよ。しかも、キルケを人質にとってるんだから。」

マーサとルビーをみつめ、悲しげに続けました。

「アースラはもう、昔のアースラじゃないの。白雪姫の継母の老女王と同じよ。権力と欲のために、自分を見失っている。こうなったら、あたしたちの手で始末するしかないわ。」

モーニングスター港に停泊中の船から、次々と花火が上がり、展望室のガラスの天井に降り注ぎます。

「ふたりとも、いい？　キルケを無事に救いだし、キルケにあたしたちを許してもらうには、これしかない。

あの子はきっとわかってくれるわ。」

ルシンダはそう言うと、ガラスの天井のむこうの夜空に目をやりました。上からは花火が降り注ぎ、眼下の海は、アースラの怒りと悲しみを映したような、深い青紫に染まっています。そのむこうの沖ではアースラがこんどは沈没船を使って、エリック王子の船を追い詰めようとしています。とはいえエリックの操舵はなかなかのもの。

　まだまだ決着はつきそうにありません。

「アースラの命を絶つ呪文を唱えるわ。」

　ルシンダの言葉に、マーサとルビーも声を合わせて、呪文を唱えはじめました。

　三人は、さまざまな国の魔女たちの耳に届けとばかりに声を張り上げ、呪いの言葉を唱えます。これは、すべての魔女を一瞬で全滅させられるほどの圧倒的な力をもとうとする、ひとりの危険な魔女を倒すための呪い。ひそかに唱える必要など、ないのです。

「アースラよ、おまえは、われら三姉妹との友情を裏切り、われらが妹キルケをとらえた。その罪は重し。われらが手にかかりて死ね！」

　三姉妹は声をそろえて呪文を唱え、もう一度鏡にむかって命じました。

「アースラを見せろ！」

　三人が声を合わせて叫ぶと、鏡に巨大なアースラの、憎しみに満ちた顔が映りまし

た。
アースラは、三叉の矛をにぎりしめて叫びます。
今度こそ、アリエルをしとめる気です。
（アリエルとエリック王子に力を！）
三姉妹は必死に念じます。
エリック王子は懸命に舵を取り、アースラに船を激突させるつもりです。
船の舳先は折れて、尖った木がむきだしになっています。
「よし！　今よ。」
ルシンダが叫び、マーサとルビーがうなずきました。
「海の魔女を刺し貫け！　エリック王子に力を！」
三人が大声で叫んだとたん、アースラの巨体が、折れた舳先に刺されました。
とたんに稲妻が走り、串刺しになったアースラの巨体が火に包まれます。
海の魔女の巨大なきがらは、紫の煙を上げながら、海の底へ沈んでいきました。

海面に大きな水煙が立ち、奇妙な三姉妹は、自分たちの手で、かつての親友を殺したことを知りました。

14 キルケ

ちょうどそのころ、海の底深く、アースラの洞窟の裏庭では、魂を失ったキルケが、ふしぎな感覚に打たれていました。

自分がきらきらと輝きだしたような――。

まばゆい黄金の光に包まれていくような、ふしぎな感覚です。

キルケは、アースラに突然魂を奪われ、人魚の抜け殻として、このさびしい裏庭に吊るされていました。

それが今、ついに解放されたのです。

(生きていてよかった！)

と、キルケはつくづく思いました。

魂を失うとは、まるで、自分がさびしさと孤独の固まりになったようなものでした。

いや、それだけでは言い足りません。

魂を失ったキルケは、けっして脱出できない暗い穴に吸い込まれたような、深い悲しみと絶望を味わっていました。

(わたしに呪いをかけられた野獣王子もきっと、こういうつらい目にあっていたのね。)

そう思うと、キルケは申し訳なさでいっぱいになりました。

三人の姉たちならきっと、

「そんなのは、あいつの自業自得よ。」

と、口をそろえて言ったことでしょう。それでもキルケは、あの王子を苦しませた自分を、心から恥じました。すると次の瞬間、いっしょに吊るされていた、ほかの人魚

の抜け殻たちとともに解放されたのです。

入れ替わりに、アースラのぼろぼろになった遺骸が、海底に落ちてきました。

（すぐ近くに、姉さんたちがいる！）

キルケは人魚の尾びれをひらひら動かして泳ぎます。やがて目の前に、切断されたアースラの巨大な触手の一部が落ちてきました。

キルケは思わずあとずさりし、激しく後悔しました。

（わたしがアースラを死なせたようなものよ。）

ただ、なぜアースラに裏切られたかがわかりません。

（なぜ？　なぜなの？　わたしはいつだってアースラが大好きだった。いつもアースラを、友だちだと思っていたのに……。）

やがて、濁った水のなかに横たわるアースラの巨大ななきがらが見えてきました。

そのそばには、金の巻き貝のネックレスのかけらが落ちています。

キルケは急いでそれを拾い上げ、

（アースラ、生き返って！）
と祈りました。すると、キルケの心が、かつて感じたことのないような激しい怒りでいっぱいになったのです。

（この、押しつぶされそうな怒りは何⁉　これは、いったい誰のもの？）

次の瞬間、キルケは気づきました。

これは、ほかでもない自分の怒り、自分のなかからわいてくるものだと。

激しい怒りの火はたちまち、自分を焼き尽くすだろう。

そして、あとには憎しみだけが残るだろうと、キルケは思いました。

拷問のような怒りと憎しみが過ぎると、やがてキルケの脳裏に、身に覚えのない、恐ろしい映像が、次々と現れはじめました。

最初は、ひとりの人間の男がひとりの少女を守ろうとし、野蛮な群衆にやつざきにされる映像。次に、同じ少女が恐怖と悲しみに満ちて、がけの上に泣きながらたたずむ姿。どれもキルケには覚えのないものです。けれども自分の記憶であることに間違

いありません。いったいどうして⁇

（なぜなら――それは、わたしが別の誰かになったからよ！）

そう思ったとたん、キルケはその誰かがアースラだと知りました。

アースラは巨大な海の怪獣となりました。怒りと力で、体がどんどんふくれ、ついには海を司る海の女王に。

権力を手にしたアースラは喜びました。けれども、アースラが手にした力は、どんな魔女の手にも負えないほど大きいものだったのです。

アースラは恐怖に震え、自分にも、自分にむかってくる巨大な憎しみにも逆らうまいとしました。そこまで激しい憎しみをもつ者がいるということ自体、アースラには想像もつかなかったのです。

けれども巨大な憎しみの波はとどまることなく、自分にむかってきます。

体はどんどんふくれ、心が冷たくなっていくのがわかりました。

アースラは、自分の憎しみによって自滅したのです。

キルケは、海の魔女アースラの心をのぞきこみました。

それは弟トリトンが非難したとおりの、不潔で醜く、おぞましい怪物の心でした。

マレフィセントが警告したとおりの危険な心でした。

自分がこういう死に方をするのも、当然の報いだとアースラはさとり、その直後に死んだのです。

アースラは親友だったルシンダ、マーサ、ルビーの奇妙な三姉妹を裏切りました。

誰にとっても大きすぎる力を求め、弟に復讐するために。

そして、ほかでもない、その力のために自滅したのです。

自分の手に負えない力、自分の意志を超え独り歩きする力。

それは憎しみが生んだ力でした。

アースラは、憎しみに自分の心身をのっとられたのです。

そして、エリック王子に殺される前に、死ぬことになりました。

「あぁあああああ！　きゃあああああああああ！」

キルケはのどが破れそうな悲鳴を上げ――。

次の瞬間、自分を取りもどしました。

アースラの巨大な怒りと憎しみを体験し、アースラが命を落とす間際の心のなかをのぞき見たあとでは、身も心もへとへとです。

なんとか力をふりしぼり海面に上がると、沖合に、紫と黒の巨大な水煙が立っているのが見えました。夜明けが近い空には大嵐の前ぶれのような暗雲が広がり、モーニングスター港に停泊する船たちに、黒い影を落としています。

アースラのなきがらが、泡立つ海水をぶきみな灰黒色に染めました。まるで、死後も尾を引く海の魔女の憎しみのように。

キルケの目の前には、モーニングスター城の灯台が、荘厳な姿を見せています。巨大な灯台は、不潔な煙や悪臭をよせつけもせず、ひたすら光り輝いていました。

キルケは波を越え、陸に上がりました。

ふたたびもどってきた足で砂を踏みしめると、少し落ち着いてきました。

（すぐそばに、姉さんたちがいる。しかも、たいへんなことが起こっている！）

キルケは、迷わずモーニングスター城に突進しました。

キルケは門前の衛兵を無視して、お城に飛び込みました。

執事長が真っ青な顔で飛びだしてきました。

「キルケさま。先日はチューリップ姫さまを救ってくださり、今もまた、よくお姿を見せてくださいました！　じつは、たいへんなことが！」

キルケは急いで頭のなかを整理しようとしました。

けれども今は、人魚から魔女にもどったばかり。

頭がまだ完全に働きません。とりあえず、

「姉たちはどこにいるの？　わたしを、すぐ、そこへ案内して！」

と頼みました。

執事長はキルケを展望室に連れていきました。数人の衛兵が、斧をふり上げて扉を破ろうとしています。けれども扉はいっこうに壊れません。

折れた斧がゆかに山積みになっているのが見えました。

「皆さん、そこをどいて。」

キルケが扉に触れたとたん、ルシンダの呪縛が消え、扉が開きました。

三姉妹が、ゆかにばったり倒れています。

三人とも意識がない様子。

「チューリップ姫は？」

キルケはすばやく、あたりを見回しました。

「お部屋でございます、キルケさま。小間使いのローズがここ何時間も、お目を覚ましていただこうとしておりますが――。」

いったい何が起こったのでしょう。キルケには見当もつきません。

「みんな、すぐに、この部屋から出て。」

執事長が逆らうのを、キルケはいつにない厳しさで制しました。

「いいから、すぐに出なさい！　わたしの姉たちは、わたしに任せて。」

15 眠れる魔女たち

キルケはチューリップ姫のベッドの横に座り、姫をみつめました。どうやら姫は、この城にいる誰かに魔法をかけられたようです。

(姉さんたちも目を覚まさない。いったい、どうなっているの?)

キルケはいらだちました。けれども三人の姉は、相変わらず意識を失ったまま。なんとも頼りない気持ちで、窓から港をみつめると、一隻の美しい船の上に、すばらしい虹がかかろうとしています。キルケは、わけもなくうれしくなりました。

「そうね、あれは結婚式の船ですから。」

聞き慣れた声にふりむくと、乳母がフランツェと、部屋の入り口に立っています。

乳母はキルケの無事な姿に、ほっとため息をつき、

「ああ、よかった。せっかくの犠牲がむだにならずにすみましたね。」

と言いました。キルケはぎょっとしました。

「犠牲!?　もしかして――。」

乳母はうなずきました。

「いえいえ、チューリップ姫は、だいじょうぶですよ。でもあんたの姉さんたちが、あんたをアースラから取りもどすために、たいへんな仕事をして――。」

そのとき、キルケはやっと気づいたのです。

三人の姉が、自分のために、命の危険を承知でアースラの憎しみの魔法をくつがえしてくれたのだと。

「くわしい話はあとで、ゆっくりと。今は、ここから幸せなカップルが新婚旅行に出発するのを祝ってあげましょう。」

乳母はそう言うと、にっこりほほえみました。

16 幸せな結末

年齢と出自は違っても、同じようにあたたかい心と思いやりにあふれたふたりの魔女が、モーニングスター城の断崖の上に立っていました。キルケと乳母は、アリエルとエリック王子の結婚式が行われる船が港を出ていくのを、並んで見ているのです。

アリエルにとって、きょうは生涯最高の日。人魚から人間となったアリエルは、愛するエリック王子とともに、新しい人生に踏みだすのです。これからは、二本の足で思うぞんぶん、踊ったり走ったり。そして、海の底で毎日夢見た、愛する人との人生を知ることになるのです。

「アースラがあの子を殺すのを止めたのは、わたしの姉たちなの？」

キルケは乳母に聞きました。

「ええ、そうですよ。あんたの姉さんたちが、あたしたちみんなを救ってくれたの。」

乳母は答え、キルケは乳母の言葉をすなおに信じました。

人魚のアリエルは人間になり、エリック王子と結婚しました。

港の海面には、アースラの死によってよみがえったトリトン王と、六人の姉たちも顔を出し、幸せな花嫁と花婿をにぎやかに送りにきています。

しかし、いまキルケの頭のなかは三人の姉の心配でいっぱいです。

そのとき、キルケが乳母にささやきました。

「ねえ、聞こえない？」

誰かが近づいてきます——魔女が。それも強力な魔女が！

目的は、いったいなんでしょう？　（『みんなが知らない眠れる森の美女　カラスの子ども　マレフィセント』〈２０１８年８月発売予定〉に続く。）

訳者より

アースラが教えてくれたこと

怒り、怒り、怒り！　この巻では、みんなが怒ってましたね！
キルケは悪い行いを改めない姉たちに怒って家出。
最初はしゅんとしていた奇妙な三姉妹も、ついには、
「あたしたち、こんなに謝っているのに！　みんな、あんたのためなの！」
と怒り、トリトン王は、人間に恋をした末娘のアリエルに激怒。
アリエルは、がんこな父に激怒して、アースラのもとへ走り――。
これらはどれも、わかりやすい怒りと言えるでしょう。
いっぽう、アースラの怒りはあまりにも複雑で、救いようのないものでした。

アースラは幼いときから怪物と呼ばれ、みんなから除け者にされ続けてきました。その怒りは、恨み、憎しみ、悲しみと混じり合い、彼女の心を醜い氷の彫像のように冷やし固めていきました。

自分には友だちはいないと、勝手に思いこんでいたアースラ。相手を利用することしか考えなかったアースラは結局、友だちの手で命を落とすことになりました。なんとも皮肉で、気の毒なことだと思えてなりません。

それでも死の直前、アースラが復讐はむなしいと気づいたのは、せめてもの救いでしょうか。アースラの死はまた、トリトンにもアリエルにも、キルケにも、そしてわたしたちにも、いろいろなことを教えてくれました。

その意味では、けっしてむだな死ではなかったと――思いたいですよね。

ところで、キルケを救おうとした三姉妹の容態は？

次の巻を、どうぞお楽しみに！

（岡田好恵）

講談社KK文庫　A22-20

Disney

みんなが知らない リトル・マーメイド

嫌われ者の海の魔女アースラ

2018年6月27日　第1刷発行
2020年9月３日　第9刷発行

著／セレナ・ヴァレンティーノ Serena Valentino
訳／岡田好惠
編集協力／駒田文子
デザイン／横山よしみ

発行者／渡瀬昌彦
発行所／株式会社講談社
〒112-8001　東京都文京区音羽2-12-21
編集　☎03-5395-3142
販売　☎03-5395-3625
業務　☎03-5395-3615

印刷所／凸版印刷株式会社
製本所／株式会社国宝社
本文データ制作／講談社デジタル製作

ISBN978-4-06-511526-8
N.D.C.933 191p 18cm Printed in Japan